Secrets d'une souveraine

LORRAINE HALL

Secrets d'une souveraine

Traduction française de
MARIE BACHÉ

AZUR

HARLEQUIN

Collection : Azur

Titre original :
HIS HIDDEN ROYAL HEIRS

HARPERCOLLINS FRANCE
83-85, boulevard Vincent-Auriol, 75646 PARIS CEDEX 13
Service Clients — https://www.harlequin.fr/contenu/contactez-nous
ISBN 978-2-2805-1725-6 — ISSN 0993-4448

Édité par HarperCollins France.
Composition et mise en pages Nord Compo.
Imprimé en avril 2025 par CPI Black Print (Barcelone)
en utilisant 100% d'électricité renouvelable.
Dépôt légal : mai 2025.

FSC www.fsc.org MIXTE Papier issu de sources responsables FSC® C159065

Pour limiter l'empreinte environnementale de ses livres, HarperCollins France s'engage à n'utiliser que du papier fabriqué à partir de bois provenant de forêts gérées durablement et de manière responsable.

1

Christhian Sterling savait exactement dans quels endroits il pouvait aller sans être reconnu. À mesure que les années passaient, il ressemblait de moins en moins à l'orphelin confus et blessé dont on avait vu le portrait en une de tous les tabloïds, à côté de la photo de l'accident de voiture qui avait coûté la vie à ses parents. Dans la haute société, on le reconnaissait encore facilement, alors il préférait célébrer ses succès dans des établissements sans prétention. Là-bas, personne ne savait qui il était vraiment : le fils d'une princesse et d'un grand acteur hollywoodien.

Le destin avait voulu que ses défunts parents lui inspirent son métier, bien qu'il ait hérité de leur richesse fabuleuse et qu'il n'ait pas véritablement *besoin* de travailler. La mère de Christhian n'avait jamais su gérer sa célébrité et l'intérêt impitoyable que portait le public à sa relation avec son mari.

Christhian n'avait que dix ans au moment de leur mort, mais il se rappelait que certaines de leurs conversations évoquaient leur désir de fuir le monde. De disparaître sans jamais être retrouvés.

Son père avait continué à faire des films, même s'il donnait toujours la priorité à son épouse et son fils. Sa mère, avait rempli jusqu'au bout ses devoirs royaux envers son pays d'origine, Hisla. Pourtant, ils avaient vécu dans une maison modeste, en dehors des murs du château, lorsqu'ils ne voyageaient pas avec le père de Christhian ou qu'ils ne rendaient pas visite à ses grands-parents américains.

Un jour, le couple en avait eu assez des paparazzis et de la pression que leur faisaient subir la famille de sa mère pour qu'elle se sépare de son mari. Mais les parents de Christhian n'avaient pas su se défendre ni se protéger. En cherchant à fuir précipitamment, ils avaient perdu la vie dans un accident de voiture.

Le laissant seul.

S'il avait été autorisé à vivre chez ses grands-parents paternels aux États-Unis, Christhian aurait peut-être eu une attitude différente vis-à-vis de cette situation. Au lieu de cela, il avait été arraché à un foyer aimant pour se retrouver dans une famille royale qui ne voulait pas de lui mais qui ne supportait pas l'idée qu'il soit élevé par des *Américains*. Christhian avait tiré de cette expérience une leçon amère dont il tenait compte encore, plus de vingt-cinq ans après.

Car dans son métier, il était une sorte de limier. Il retrouvait les fugitifs des familles royales, les épouses errantes ou tous ceux qui cherchaient à disparaître. Il les débusquait pour quiconque était prêt à honorer ses tarifs exorbitants.

Pour certains, il était un mercenaire. La plupart du temps, ceux qu'il retrouvait n'étaient pas contents qu'il les ramène vers ce qu'ils avaient fui.

Mais *lui* savait ce qui les attendait dans ce monde froid et cruel. S'écarter des règles qui régissaient votre vie signifiait courir droit au désastre. Il n'y avait qu'une seule façon de faire face à l'injustice du monde, c'était d'affronter les problèmes. Fuir n'était jamais synonyme de rien d'autre que de souffrance. Car dans l'univers des familles royales, on ne s'arrêtait jamais, on n'abandonnait jamais.

Il fallait les battre à leur propre jeu ou bien perdre.

Christhian s'était donc façonné une vie contrôlée selon des règles bien établies. Il avait tenu tête à la famille royale qui voulait le dominer et il ne se souciait pas de l'opinion des autres.

Jamais.

Il regarda sa boisson posée devant lui sur le comptoir du bar. Pourquoi ses pensées vagabondaient-elles dans le passé alors qu'il devrait se contenter de savourer son verre et fêter sa dernière victoire ?

L'adolescente qu'il venait de retrouver après sa fugue avait *treize* ans. Cette petite comtesse n'aimait peut-être pas la vie qu'elle menait dans son royaume mais elle était bien trop jeune pour se débrouiller seule. Elle ne le remercierait jamais pour le service qu'il lui avait rendu mais au moins, elle resterait en vie. Christhian n'avait pas besoin qu'on le remercie. La satisfaction d'un travail bien fait lui suffisait.

Il jeta un coup d'œil autour de lui. Il y avait beaucoup de cadres en ce vendredi soir, reconnaissables à leurs cravates desserrées, leurs chemises déboutonnées au col et leurs blazers, posés sur le dossier des chaises. Des rires bruyants s'élevaient et il surprit plusieurs regards furtifs échangés entre collègues de sexe différents qui devaient penser qu'ils étaient assis un peu trop près les uns des autres. La salle bruissait de bribes d'anglais, d'espagnol et de portugais.

Soudain, la porte s'ouvrit, laissant passer une bouffée d'air frais bienvenue dans l'ambiance surchauffée du bar, et Christhian jeta un œil vers l'entrée en sirotant son verre.

Il aperçut alors une femme qui sembla hésiter sur le seuil de la porte. Elle était manifestement seule et l'espace d'une seconde, il crut déceler un éclair de peur dans son regard mais très vite, elle redressa les épaules et s'avança d'un air déterminé qui lui fit étrangement penser à sa mère lorsqu'elle devait affronter un événement au palais.

Mais lorsque la jeune femme sourit, son souvenir s'évapora immédiatement. Ses yeux d'un bleu improbable se mirent à pétiller et les mèches de ses cheveux roux et courts bougèrent en rythme avec sa démarche assurée. Elle portait une robe noire qui ne montrait pas grand-chose de sa silhouette mais qui s'arrêtait à mi-cuisses, dévoilant de longues jambes fines et galbées.

Elle ne croisa pas le regard de Christhian et se rendit directement au bar où il était assis, comme si elle était en mission. Elle resta silencieuse, les yeux fixés sur le barman.

— Qu'est-ce que je vous sers ? fit ce dernier en soupirant.

— Avez-vous une carte ? demanda-t-elle.

Elle avait un accent intéressant. Christhian l'avait déjà entendu, mais où ? Il provenait d'un petit pays européen, bien plus au nord que le sud du Portugal où ils se trouvaient en cet instant, mais lequel ?

Le barman leva les yeux au ciel.

— Permettez-moi une suggestion, intervint Christhian et l'inconnue se tourna alors vers lui.

Elle portait certainement des lentilles de couleur, car ce bleu ne s'accordait pas du tout à son visage. Et pourtant, elle était belle avec ses épaules délicates et son air déterminé. Sa bouche formait un arc de Cupidon parfait et ses sourcils bien dessinés s'arquaient à présent vers lui comme pour le mettre au défi.

Christhian sourit.

— Beirão, fit-il en direction du barman. Vous la mettrez sur ma note.

L'homme hocha la tête et se tourna pour préparer la boisson de la jeune femme. Christhian fit un geste en direction du tabouret vide à côté de lui.

— Joignez-vous à moi.

Elle plissa les yeux.

— Habituellement, on demande d'abord l'accord de la personne avant de lancer ce genre d'invitations, monsieur.

Il soutint son regard sans ciller.

— Je ne suis pas un type habituel. *Naturalmente*.

Elle éclata d'un rire léger et légèrement rauque qui résonna en lui comme une musique. Puis elle se glissa sur le tabouret du bar avec une élégance qui témoignait d'une éducation avancée, et sans doute royale. Cela poussa Christhian à l'étudier de plus près. Ses vêtements et sa coupe de cheveux n'avaient *rien* de royal mais il savait que les apparences peuvent se révéler trompeuses.

Mais ici, dans un bar quelconque de Faro ?

Le barman déposa devant la jeune femme la boisson qu'il lui avait préparée ainsi qu'un deuxième verre pour Christhian.

Elle but une gorgée hésitante et il se figea, dans l'attente de sa réaction.

— Délicieux, murmura-t-elle avant de lui adresser un sourire éblouissant.

Le genre de sourires qui conduisait à des ennuis.

— Qu'est-ce qui vous amène à Faro ?

— Le travail, répliqua-t-elle et il se souvint alors que les membres des familles royales ne travaillaient pas. Mais j'ai terminé et demain, je rentre chez moi.

— Et où est-ce, chez vous ?

Elle hésita.

— Hambourg, finit-elle par répondre.

L'accent n'était pas parfait et il en conclut qu'elle n'était pas allemande de naissance. Mais au fond, pourquoi cherchait-il à obtenir ces informations ? Il était là pour célébrer une mission accomplie. Pas pour le travail.

— Et vous ? demanda-t-elle en sirotant sa boisson. Vous êtes du coin ?

Elle portait des boucles d'oreilles en diamants véritables.

Cesse de penser au travail… tu es là pour en profiter.

— Je me considère plutôt comme un nomade, expliqua-t-il en souriant. Cela dit, je passe assez souvent à Faro.

— Un nomade, répéta-t-elle, l'air songeur. Vous n'êtes donc basé nulle part ?

— Disons que j'ai plusieurs bases.

Elle inclina le menton vers lui avec juste ce qu'il fallait de hauteur, sans être distante et il trouva que cette assurance lui allait bien.

— Et une femme dans chacune d'entre elles ?

Il esquissa un sourire.

— Vous vous faites une drôle d'idée de ma personne.

— Pourtant, vous ne le niez pas.

— Il n'y a de femme spécifique nulle part, déclara-t-il. Les relations ne s'intègrent pas vraiment au rythme de mes déplacements. Le travail occupe la majeure partie de ma vie.

Elle sembla se crisper et la lueur d'insouciance qui pétillait dans ses yeux disparut.

— Vous avez l'air de quelqu'un qui a un incendie à éteindre chez lui, lança-t-il dans l'espoir de la dérider.

Elle secoua la tête d'un air sérieux.

— Pas comme vous l'entendez, murmura-t-elle. Mais j'ai des responsabilités. Le travail me rappelle à l'ordre.

Elle s'interrompit et but une longue gorgée de sa boisson avant de la reposer sur le comptoir.

— Mais pas avant demain, reprit-elle en regardant droit devant elle. Ce soir, je suis libre et je compte bien en profiter.

— *Kismet*, vous connaissez ce mot ? Il signifie destin en turc. Eh bien, ce doit être le *kismet* qui nous a réunis car moi aussi ce soir, je veux profiter de ma liberté. Et il est plus agréable de le faire en bonne compagnie, vous ne trouvez pas ?

Elle l'examina un instant tandis qu'une lueur amusée faisait briller de nouveau son regard.

— Sans doute, fit-elle. Y a-t-il un endroit par ici, où l'on peut danser ?

— Il y a un club de l'autre côté de la rue. *Rua Noturna*, précisa Christhian en inclinant la tête en direction de la porte.

— Parfait, allons-y, répliqua la jeune femme en se laissant glisser du tabouret.

La princesse Zia Rendall n'avait pas l'intention de séduire un homme ce soir-là. Bien sûr, elle aurait pu espérer rencontrer quelqu'un qui la ferait fondre d'un simple regard mais elle savait à quel point c'était improbable.

Sa semaine de liberté avait été durement gagnée, c'est le moins qu'on puisse dire. Il ne s'agissait pas seulement de s'échapper du royaume de Lille, ce qu'elle avait minutieusement préparé tout au long de son adolescence, mais de parvenir à s'octroyer une semaine de *vacances*, sans qu'on s'en aperçoive.

Dieu merci, sa sœur jumelle Beaugonia qui était douée dans beaucoup de domaines l'avait aidée dans son aventure. C'est elle qui lui avait procuré ces lentilles colorées ainsi que la teinture capillaire qu'elle s'était soigneusement appliquée, une fois sortie du palais. Beau lui avait même fait l'honneur de lui couper elle-même les cheveux.

Grâce à ses talents informatiques, sa sœur s'était débrouillée pour obtenir une fausse carte d'identité à Zia, un vol pour le Portugal et des réservations d'hôtel, d'abord à Lisbonne, puis ces derniers jours à Faro.

Zia avait laissé un mot à ses parents avec la promesse de revenir au bout d'une semaine. Elle était consciente que c'était grâce aux efforts que sa sœur avait dû déployer pour apaiser leur colère qu'ils n'avaient pas envoyé de gardes armés à ses trousses.

Demain matin, elle prendrait le premier vol pour Lille, afin d'éviter une explosion nucléaire.

Elle n'avait donc aucune intention de se jeter sur le premier homme venu, uniquement pour le plaisir. Non, son plaisir avait consisté cette semaine à être une femme normale. À se promener sans gardes du corps, à dormir, manger et boire ce qu'elle voulait sans se soucier du protocole et d'un emploi de temps que quelqu'un d'autre aurait établi pour elle.

Zia avait eu le sentiment de respirer pour la première fois.

Bien sûr, elle était inquiète pour Beau qui était restée seule avec leurs parents mais durant cette semaine, elle n'avait pas eu besoin de se préoccuper de sa sécurité à chacun de ses pas. Et elle s'était sentie merveilleusement légère.

À présent, tout était fini. Retour au palais.

Retour aux responsabilités qu'elle n'avait pas envie d'assumer bien qu'elle le doive. Pour Beau.

Cependant, ce n'était pas tout à fait terminé. Il lui restait ce soir.

Et depuis qu'elle avait croisé le regard de cet homme dans le bar, elle s'était soudain dit que passer un moment – et pourquoi pas une nuit – en compagnie de cet étranger magnifique serait une manière de conclure en beauté cette semaine de liberté.

Elle lui avait menti sur certains points, mais pas lorsqu'elle lui avait déclaré qu'elle était libre pour un soir encore.

Demain, elle retournerait à Lille et redeviendrait la princesse Zia Asta Alberte Elisabeth Rendall, avec toutes les responsabilités que cela impliquait, au premier rang desquelles, un mariage royal au printemps prochain.

Le prince héritier Lyon Traverso était très beau et il ne semblait pas méchant. En revanche, il était distant et avait des projets pour son royaume qui ne l'incluaient nullement. Zia n'aurait pas son mot à dire en tant qu'épouse. Son rôle se cantonnerait essentiellement à produire des petits princes et princesses jusqu'à ce que son époux soit satisfait. Elle n'avait aucune envie de jouer les poules pondeuses et encore moins pour un homme qu'elle ne connaissait pas, mais elle n'avait guère le choix. Cette union politique avait été programmée par son père. En tant qu'héritière du royaume, elle ne pouvait contredire les décisions de ce dernier.

Elle était promise à Lyon.

Sans doute aurait-elle pu refuser, mais ses parents lui avaient fait clairement comprendre que si elle ne s'acquittait pas de ses devoirs, tout le monde en paierait le prix.

Et en premier lieu, sa jumelle qui était un peu… *excentrique*.

Du moins c'est ce qui se chuchotait entre les murs du palais.

Si Zia détestait l'idée que cette semaine puisse être le seul moment de sa vie où elle serait vraiment libre, elle haïssait plus encore la possibilité que Beau souffre à cause d'elle.

Mais ce soir, pourquoi penser à tout cela ? Ce soir, elle avait envie de boire, de danser et de passer du temps avec cet inconnu qu'elle venait de rencontrer.

Il était terriblement séduisant. Si beau que c'en était suspect. Très grand et large d'épaules, il avait des cheveux noirs coupés court et des yeux aussi sombres que la nuit. Avec son costume de créateur et son sourire diabolique, il ressemblait à un esprit maléfique. Sans doute était-il un homme qui quittait aussitôt les femmes qu'il avait aimées.

Tant mieux. Autant s'amuser avec un ange déchu avant de passer le reste de sa vie enchaînée à une monarchie et à un homme dont elle ne se souciait pas le moins du monde.

En revanche, Zia se souciait de sa sœur. Et...

Mais elle ne penserait plus à cela ce soir. Elle penserait à l'homme qui dansait avec elle. Son corps était un mur de chaleur. Sa main posée dans son dos la brûlait, mais ce n'était rien comparé à la façon dont ils bougeaient ensemble, leurs corps imbriqués comme les pièces d'un puzzle. Alors que les lumières clignotaient et que la musique résonnait autour d'eux, Zia avait le sentiment qu'ils étaient seuls au monde. Dans les bras de cet inconnu, elle était une femme anonyme. Son titre n'avait plus d'importance, pas plus que son pays ou les charges qui lui incombaient. Elle pouvait être *elle-même*.

L'espace d'un instant, elle s'était inquiétée à l'idée qu'il n'y ait rien d'intéressant chez elle, en dehors de cette façade.

Mais cet homme riait de ses plaisanteries. Il l'écoutait avec curiosité quand elle décrivait ce qui lui avait plu au Portugal. Leur conversation était nourrie et vivante, tout comme leur danse. Ils semblaient sans *retenue* l'un envers l'autre, partageant des sensations élémentaires. De la chimie, de la chaleur... et une attirance indéniable.

Lorsqu'il bougea légèrement sa main dans son dos, une flamme de désir sombre et tourbillonnante s'éleva au plus profond d'elle et elle se serra contre lui. La jambe de l'inconnu effleura sa cuisse nue et en sentant le souffle de son rire caresser sa nuque, elle ne put réprimer un soupir haletant.

Oubliant toute prudence et mue par une force aussi puissante qu'inconnue, Zia se souleva sur la pointe des pieds et pressa sa bouche contre la sienne, ici, dans ce club bondé où elle n'était personne. Seulement une femme en proie à un désir impérieux. Cet homme avait un goût de danger irrésistible et son contact lui envoya une décharge électrique à travers le corps. C'était plus fort que tout ce qu'elle avait pu boire ce soir. Un vent de joie mêlée à une excitation qu'elle n'avait jamais ressentie se leva en elle, emportant tout ce qu'il lui restait de raison.

Au diable le protocole ! *Enfin*…

— J'ai une suite d'hôtel pas loin d'ici, souffla-t-il d'une voix rauque à son oreille. Et une voiture qui peut nous y emmener.

C'était la seule invitation dont elle avait besoin

— Allons-y !

2

Christhian ne se considérait pas comme particulièrement coincé, malgré sa vie minutieusement contrôlée. Il aimait les femmes lorsque l'occasion se présentait.

Il n'avait pas de critères d'exigence précis mais il était généralement prudent. Quelles que soient les circonstances, *il* gardait le contrôle, de manière qu'aucune complication ne résulte de ces rencontres. Il organisait sa vie comme il l'aimait, que ce soit pour les affaires ou pour le plaisir. Cela avait toujours été… facile.

Cette inconnue faisait tout voler en éclats. Ses règles et son contrôle. Il avait conduit trop vite et enfreint à plusieurs reprises le Code de la route, une main enfoncée dans les cheveux de la jeune femme qui pressait ses lèvres contre son cou, le rendant fou.

Il ne se rappelait pas avoir vécu un tel empressement avec une ancienne conquête. Ni avoir eu l'esprit obnubilé par l'envie impérieuse d'explorer chaque centimètre carré de son corps nu, encore et encore. Depuis son adolescence, jamais il ne s'était senti aussi déchaîné.

Cette inconnue brillait d'une flamme trop belle pour qu'il puisse y résister. Elle était audacieuse et impétueuse et pourtant, il devinait une fragilité en elle, qui le touchait malgré lui. Mais en cet instant, il ne pensait qu'à vivre ce moment en s'affranchissant des codes qui régissaient son quotidien.

Il sentait bien chez la jeune femme que quelque chose se cachait sous ce besoin impérieux de s'abandonner à son désir mais il refoula cette pensée dès qu'ils entrèrent dans sa suite car alors, elle s'enroula autour de lui comme une sirène.

Sa bouche aux lèvres pleines était un volcan de désir brûlant.

Il la plaqua contre la porte de la chambre et lui leva les bras pour lui enlever sa robe.

Leurs yeux se croisèrent. Ce bleu ne s'accordait pas vraiment pas à son visage et pourtant, l'intensité de son regard l'attirait comme un aimant. Idem pour son corps mince et athlétique qui le rendait fou alors que ce n'était pas le genre de morphologies qu'il appréciait d'habitude.

En apercevant ses sous-vêtements en soie ultra-luxueux, une sonnette d'alarme résonna dans son esprit, lui murmurant qu'elle pourrait être plus que ce à quoi il s'était attendu... mais tout fut oublié dès qu'il entendit le gémissement rauque qui s'échappa des lèvres de la jeune femme quand il pressa sa main entre ses cuisses.

Christhian prit son temps pour explorer les contours de sa silhouette harmonieuse tandis qu'elle tremblait d'impatience sous ses doigts. Il fit glisser les bretelles de son soutien-gorge en suivant la courbe de ses épaules avec sa bouche. Elle déboutonna sa chemise avant de la lui arracher. Ils étaient engagés dans une lutte sensuelle où chacun attaquait et attendait la riposte de l'autre.

La bouche de Christhian sur ses seins. Les doigts de la jeune femme sur la fermeture Éclair de son pantalon et ses lèvres, chaudes, exploratrices, exigeantes. Pourtant, elle se soumettait à chacune de ses demandes.

Il avait le sentiment d'entrer dans un jardin secret ou poussaient des merveilles qu'ils n'avaient jamais connues jusque-là. Il ne se reconnaissait pas, pas plus qu'il n'identifiait les sensations nouvelles qui s'emparaient de lui tandis qu'il pillait sa bouche avec sa langue dans un besoin frénétique.

Elle referma doucement sa main fine autour de son sexe en érection.

— Maintenant... haleta-t-elle en levant les yeux vers lui. S'il vous plaît, ajouta-t-elle, le souffle court, comme pour nuancer l'ordre qu'elle venait de lui donner.

Elle ne prononça pas un mot de plus, mais c'était suffisant. Il n'eut pas une seconde de réflexion. Tout son être fut happé par un besoin si puissant qu'il se demanderait plus tard s'il n'avait pas été momentanément privé de raison.

Il la prit dans ses bras et l'étendit sur le grand lit luxueux de sa suite. Puis il se débarrassa du reste de ses vêtements en un clin d'œil avant de s'étendre au-dessus d'elle. Il lui écarta les cuisses et la pénétra d'une traite, pris d'un désir lancinant qui lui fit oublier tout le reste, hormis ce glissement lent et parfait vers le bien-être absolu. Il la sentit se resserrer autour de son sexe dans une précipitation si chaude et rapide qu'il faillit perdre tout contrôle. Le mot *kismet* sembla flotter autour d'eux, comme s'il l'avait fait exister en prononçant cette accroche anodine dans le bar, quelques heures plus tôt.

La destinée. *Elle.*

Il ne connaissait même pas son prénom. Mais cela semblait superficiel sur le moment, à côté de son souffle court, du velours de sa peau et de la merveilleuse chaleur humide de son sexe.

Christhian la fit rouler au-dessus de lui et elle plaqua ses mains sur son torse en lui souriant avant de commencer à se balancer doucement. Il grogna de plaisir et enroula ses doigts autour des hanches de la jeune femme pour qu'elle accélère le mouvement. Elle se cambra et commença à haleter tandis que le rythme gracieux qu'elle avait imposé se brisait, remplacé par une cadence sauvage et frénétique.

Il n'y eut plus que le bruit de leur respiration, de leurs gémissements et des soupirs interrompus tandis que leurs corps bougeaient ensemble dans un tempo parfait. Elle cria et se mit à trembler mais il s'accrocha pour tenir un peu plus longtemps.

Il la fit rouler à nouveau en dessous de lui et il la prit plus lentement pour profiter de chaque once du plaisir infini qu'ils se donnaient, encouragé par ses murmures plaintifs. Son regard embrumé de désir et ce visage resteraient à jamais gravés dans sa mémoire, il le savait.

Et quand il exulta en la suivant dans la jouissance, il ne put s'empêcher de penser qu'ils venaient tous deux d'être retrouvés.

Zia devait partir. Elle n'aurait pas dû rester aussi longtemps. C'était presque le matin. Elle avait un avion à prendre mais surtout, il ne fallait pas que cet homme apprenne qui elle était. Plus elle restait, plus elle courait le risque qu'il finisse par découvrir son identité.

Tout au long de la soirée, il l'avait regardée bizarrement comme s'il soupçonnait quelque chose. Mais il lui avait suffi de le toucher et de l'embrasser pour que ce regard disparaisse.

Elle ne pouvait se permettre de prendre davantage de risque.

Le regret ne pesait pas sur elle comme un poids, mais plutôt comme une sorte de désir mélancolique d'une vie différente, où elle pourrait vivre librement ses liaisons amoureuses – réelles ou pas – sans craindre qu'un paparazzi ne la traque pour vendre à prix d'or ses photos intimes.

Zia survivrait sans doute au scandale de voir sa vie privée étalée dans la presse. En revanche, elle ne se remettrait pas de la déception profonde que cela susciterait chez ses parents. Elle leur avait déjà causé trop de chagrin. Ce n'était pas leur faute, pas plus que la sienne s'ils étaient roi et reine. C'était simplement le hasard de la vie.

Et sa vie impliquait des responsabilités. Si elle ne s'en acquittait pas, Beaugonia en pâtirait. Ses parents ne comprenaient pas sa sœur. Ils voyaient dans son manque de respect vis-à-vis de leurs règles un défi, alors que ce n'était que l'expression de sa nature. La jeune femme était si authentique qu'elle était incapable de faire semblant. Mais elle souffrait de crises de panique qui amenaient ses parents à la considérer comme… anormale.

Non. Zia ne laisserait pas ce destin être celui de sa jumelle. Lorsqu'elle serait de retour au palais, le roi et la reine se concentreraient sur elle et son mariage à venir.

Alors, Beau pourrait à son tour, goûter à la liberté.

Zia prit une grande inspiration et elle sortit furtivement du lit tiède et moelleux de cet homme magnifique et profondément endormi.

Le roi devait être à bout de nerfs aujourd'hui, fou d'inquiétude à l'idée qu'elle ne revienne pas comme elle l'avait promis. Il fomentait sans doute déjà des plans, au cas où elle ne réapparaîtrait pas. Si elle ne prenait pas cet avion, l'enfer se déchaînerait sur elle, elle le savait très bien.

Elle se pencha pour ramasser ses vêtements éparpillés au sol, puis elle jeta un coup d'œil par-dessus son épaule. L'homme ne bougea pas d'un centimètre. L'espace d'une seconde, elle ressentit une douleur étrange.

Elle s'était lancée dans cette aventure en sachant parfaitement ce qui l'attendait. C'était une liaison d'un soir et elle ne doutait pas qu'il partage cet avis. D'ailleurs, il le lui avait clairement fait comprendre.

Peut-être que la situation avait légèrement dérapé entre-temps. Surtout lorsqu'ils avaient partagé en riant des sandwichs au rôti et une bouteille de vin rouge. Sans jamais aborder leur vie privée, ils avaient évoqué leurs voyages. Il avait sillonné le monde et il l'avait fait rire aux larmes en lui décrivant ses visites dans les musées les plus ennuyeux qui soient. Il était fascinant… alors même qu'elle ne savait rien de lui.

Quand ils avaient fini par retourner dans son lit, elle avait eu le sentiment qu'ils étaient de vieux amis.

Ils s'étaient endormis, puis ils avaient à nouveau fait l'amour et alors, elle avait eu un aperçu de ce que la vie aurait pu lui offrir de plus beau. Une sorte de… camaraderie. Un partenariat. Avec du sexe incroyable pour couronner le tout. L'alchimie qu'ils partageaient était explosive, irrésistible.

Mais c'était fini, maintenant. Il n'y avait pas de retour possible en arrière. Zia allait se marier au printemps.

Peut-être trouverait-elle un semblant de… *cela* avec son mari, le prince héritier.

Mais elle en doutait.

Lyon lui avait clairement fait comprendre que, ainsi que son père, il attendait d'elle qu'elle remplisse un rôle, un devoir. Il ne s'intéressait pas à *elle*.

Il ne lui demanderait pas son avis sur la musique qui passait dans le club, il ne lui préparerait pas un délicieux sandwich au rôti au milieu de la nuit. Elle avait beau n'avoir rencontré le prince qu'à deux reprises, elle en était convaincue.

Mais elle savait aussi qu'elle n'était pas destinée à ce qu'elle désirait le plus au monde : une vie *simple* et *normale*. Zia était une princesse, une héritière. Son seul rôle consistait à servir son pays.

Peu importe à quel point cette semaine avait été formidable et cette dernière nuit, merveilleuse. L'avenir pesait comme un poids mort contre sa poitrine. Ce n'était pas un sentiment nouveau et pourtant, jamais cela ne lui avait paru aussi lourd.

Elle avait espéré que cette semaine lui donnerait le courage d'affronter ses responsabilités, mais au lieu de cela, elle avait eu un avant-goût du bonheur. Pas seulement avec cet homme mais à travers tout ce qu'elle avait fait au cours des derniers jours. Marcher dans la rue comme une inconnue. Faire du lèche-vitrines sans garde du corps ni assistante pour choisir ses tenues à sa place. Vivre l'expérience du quotidien sans craindre de faire un faux pas pour lequel Beau pourrait être punie. Car malgré toutes ses révoltes dans l'intimité du château, Zia savait qu'au moindre éclat en public, ses parents infligeraient une avalanche de souffrances à sa jumelle.

Cette semaine, elle avait eu le droit à l'erreur. Elle avait pu se comporter comme elle le voulait. Jusqu'à s'abandonner à la *luxure* la plus totale avec un parfait inconnu.

Oh ! elle savait qu'elle était privilégiée, mais ce privilège s'accompagnait d'un prix qui lui semblait parfois si lourd à supporter qu'elle avait du mal à respirer. Elle devait retourner à Lille. Vers un mariage qu'elle ne souhaitait pas. Et qui lui évoquait une peine de prison, alors qu'elle ignorait son crime.

Hormis celui d'être née la plus jolie des deux. La jumelle élégante.

Celle qui savait se comporter avec grâce en société sans céder à des crises de panique.

Zia réprima un soupir en s'habillant rapidement, puis elle sortit sans un bruit de la suite.

Elle héla un taxi dans la rue et se rendit à l'aéroport.

Pour rentrer chez elle. Retrouver son statut de princesse Zia Rendall.

Et tout le poids qui allait avec.

3

Christhian ne l'avait pas empêchée de partir furtivement. Mieux valait s'épargner des adieux pénibles. Peu importe le nombre de fois où ils avaient fait l'amour durant cette nuit, ils n'avaient pas échangé leurs noms. Tous deux savaient à quoi s'attendre dans cette aventure.

Bien sûr, cette soirée avait été inhabituelle, aussi bien à travers la teneur de leurs conversations que lors des moments de sexe époustouflants qu'ils avaient partagés. Mais à quoi bon s'y attarder ? Autant tourner la page le plus vite possible.

Le problème, c'est qu'il s'était rendu compte rapidement qu'il était incapable de tourner cette fichue page.

Et cela durait depuis des mois.

Christhian ne parvenait pas à effacer le souvenir de cette femme dont il ne connaissait pas le nom. Il aurait pu se lancer à sa recherche. Parfois, les réminiscences de leur nuit le faisaient hésiter. Après tout, c'était son métier. Ce serait sans doute facile de la retrouver.

Mais pour *quoi* ? Pour cette inconnue dont il ne savait presque rien, hormis le fait qu'elle avait beaucoup voyagé et qu'elle était magnifique ? Pour cette femme qui préférait la musique à l'art, et les jardins aux musées ? Et pour les gémissements qui s'échappaient de ses lèvres pleines lorsqu'elle jouissait entre ses bras ?

Qu'allait-il faire ? La retrouver, puis *sortir avec elle* ?

C'était si ridicule qu'à chaque fois qu'il en arrivait à cette conclusion, il se mettait à rire. Puis il passait à autre chose.

Pendant un temps.

Quand une mission à la hauteur de ses compétences se présenta enfin, Christhian prit le premier vol pour le petit pays de Lille, niché au nord de l'Europe.

Se plonger dans le travail, voilà qui l'aiderait à surmonter ce léger... problème.

Il finirait par oublier cette femme sans nom avec qui il n'avait passé qu'une nuit, plus de six mois auparavant.

Mais lorsqu'il fut accueilli à l'aéroport par l'un des gardes du roi, sa mystérieuse amante revint hanter son esprit car l'homme avait un accent exactement similaire au sien. Elle avait eu beau dire qu'elle venait de Hambourg, il fut convaincu qu'elle était native de ce royaume.

Christhian fut escorté jusqu'à une limousine et conduit au château. Le pays était petit mais manifestement très attaché aux traditions. S'il n'avait pas croisé des gens en jean dans la rue qui marchaient, le nez collé à leur téléphone, il aurait eu l'impression de remonter le temps. Quand ils atteignirent le centre de la capitale, Christhian aperçut une grande place qui s'étendait devant un château. Celui-ci était tout en pierres, orné de tours et de vitraux anciens.

Cette vision lui rappela le pays de sa mère. Et sa famille qui tentait encore parfois de le faire revenir, à l'occasion d'une séance photo ou d'un événement destiné à la mettre en valeur. Dieu merci, la mère de Christhian ayant été la septième d'une fratrie ayant eu de nombreux descendants, il ne bénéficiait que d'un titre secondaire. Il avait également quelques avoirs, négociés lorsqu'il s'était opposé à sa tante, la reine actuelle, pour exiger son indépendance. À l'époque, il venait d'avoir vingt et un ans.

Il avait refusé de fuir, préférant se battre pour obtenir légalement sa liberté. Et même s'il n'était pas entièrement débarrassé de ses titres et de ses devoirs, il avait gagné ce droit.

Ses pensées le ramenèrent à cette femme qu'il était censé oublier. Il l'imagina, arpenter les rues de cette ville pour se rendre à son travail, quel qu'il soit. Les épaules bien droites, dissimulant son corps athlétique sous une robe ample. Était-elle une gymnaste ?

Stop. Il devait l'oublier. Il ne se mettrait pas à sa recherche ici. Il avait un travail à accomplir.

Mais si le *kismet* s'y mettait...

La voiture fit halte à l'arrière du château et Christhian fut conduit à l'intérieur à travers un dédale de couloirs sinueux et d'escaliers escarpés. On le fit entrer dans une pièce en le priant de bien vouloir patienter et il prit place dans un fauteuil moelleux avant d'inspecter le décor qui s'offrait à lui. Les murs étaient recouverts d'un papier peint ancien bien conservé dans des tons bleu profond. Les meubles étaient en bois sombre et poli. Il se souvenait vaguement d'un séjour ici, lorsqu'il était petit. La plupart des visites royales de son enfance se ressemblaient mais il se rappelait celle-là, car, pour une fois, son père qui était censé être en tournage quelque part, avait quitté le plateau pour les rejoindre, sachant à quel point sa femme détestait ces formalités.

Elle avait été si heureuse de son arrivée surprise. Christhian chérissait ce souvenir. Le geste spontané de son père et la joie de sa mère étaient restés gravés dans sa mémoire comme une image parfaite.

C'était singulier de constater qu'y repenser ne le plongeait pas dans la même tristesse qu'avant. Il y avait désormais un étrange contentement mêlé à son chagrin. La vie de ses parents avait été trop courte mais au moins, ils s'étaient aimés. D'un amour si brillant et intense qu'ils avaient tout sacrifié pour lui.

Hormis leur fils. Et Christhian qui avait navigué durant son adolescence dans les cercles de la haute société avait pu mesurer à quel point ce qu'avaient partagé ses parents était rare.

Mais rien de tout cela n'avait un lien avec sa présence ici, alors il refoula ces pensées et il se concentra à nouveau sur la pièce. Un grand portrait de la famille royale ornait le mur en face de lui. Christhian y reconnut le roi Rendall, debout à côté de son épouse, la reine. Les deux fillettes devaient être les princesses. Il fronça les sourcils en regardant plus attentivement le tableau. Celui-ci devait dater car les enfants n'avaient pas plus d'une dizaine d'années et pourtant, quelque chose chez elles lui sembla… familier.

Un pressentiment inconfortable le gagna mais il n'eut pas le temps de l'analyser car alors, le roi entra. Christhian se leva et prit la main qu'il lui tendait. Il connaissait les protocoles en vigueur dans chaque monarchie. Cela faisait partie de son travail mais l'espace d'une seconde, il se demanda s'il n'avait pas appris par cœur cette ribambelle de règles idiotes pour *sa mère*, en pensant qu'elle aurait été fière de lui.

Il s'inclina brièvement en serrant la main de l'homme mûr qui se tenait devant lui.

— Roi Rendall.

— Christhian… la dernière fois que je vous ai vu, vous étiez un enfant, déclara le monarque en lui tapotant amicalement l'épaule avant de l'inviter à se rasseoir.

Christhian dut supporter les inévitables remarques au sujet de sa mère. À quel point elle était belle et gentille et comme elle devait lui manquer. Il s'adossa dans son fauteuil, conscient que tout ce qu'il entendait était vrai mais pris comme toujours d'une inexplicable fureur à la pensée qu'aucun de ces étrangers qui ne tarissaient pas d'éloges à son égard ne l'avait véritablement *aidée*.

Elle avait souffert, considérée par tous comme une princesse parfaite et intouchable alors qu'elle n'était qu'une femme. Sa mère.

Il se força à sourire tandis que le roi Rendall lui tendait un classeur en cuir noir sur lequel était apposé le sceau royal.

— Il est essentiel de garder le secret au sujet de cette affaire, Christhian, commença-t-il.

— Tout mon travail est parfaitement confidentiel, Votre Majesté.

— C'est de la plus haute importance pour moi. Aucun de mes hommes n'est parvenu à obtenir ce dont j'ai besoin, au cours des derniers mois. Nous avons tout essayé. Vous êtes mon dernier espoir de retrouver ce qui compte le plus au monde à mes yeux.

Christhian ouvrit le classeur et un frisson glacial le parcourut.

— La princesse s'est enfuie, reprit le roi Rendall. Cela fait plusieurs mois, maintenant. Sa sœur nous garantit qu'elle est vivante et en bonne santé mais elle ne sait rien de plus. J'ai besoin que vous la retrouviez.

La princesse.

Elle n'avait pas tout à fait la même apparence sur ce portrait officiel de la cour. Ses cheveux étaient châtain foncé et ils tombaient en mèches épaisses sur ses épaules. Ses yeux étaient d'un vert envoûtant qui s'accordait parfaitement à sa peau claire. Mais il aurait reconnu cette bouche où se dessinait l'ombre d'un sourire narquois et cette attitude royale entre mille.

La princesse Zia Rendall *était* son amante mystérieuse.

Et maintenant, il devait la retrouver.

Zia frissonna en surveillant le feu dans le poêle à bois. Dehors, la nuit polaire commençait à peine à se lever. C'était le milieu de l'après-midi et le ciel revêtait des nuances de bleus étonnantes. Sa vie ici, sur cette petite île du Grand Nord avait été *plaisante*.

Mais elle touchait à sa fin. Non pas parce que Zia le souhaitait. Elle appréciait le froid, l'isolement et la beauté austère de ces paysages. Mais une île comme celle-ci ne possédait pas les infrastructures nécessaires pour qu'une femme puisse mettre au monde des enfants dans de bonnes conditions. Alors, à l'approche de son septième mois de grossesse, il était temps qu'elle s'en aille.

Peut-être reviendrait-elle ensuite. Ou peut-être pas.

Zia caressa son ventre arrondi. Elle s'était dit que la perspective de devenir mère allait la terrifier. Après tout, ce n'était pas prévu et pourtant, au fil des mois, elle s'était retrouvée à l'espérer de plus en plus impatiemment. L'idée de pouvoir s'occuper librement de ses enfants comme elle le souhaitait lui apparaissait comme un cadeau du ciel.

L'accouchement en revanche, lui faisait une peur bleue. Elle aurait tellement aimé pouvoir avoir sa sœur à ses côtés. Ou bien sa mère qui avait déjà vécu cela. Ou même...

Non. Cela n'avait aucun sens de penser à l'homme qui avait joué un rôle dans cette histoire. Elle ignorait tout de lui. Zia était donc livrée à elle-même.

C'était mieux pour tout le monde. Elle ne pouvait imaginer la réaction de ses parents s'ils apprenaient qu'elle était enceinte, et surtout, dans quelles circonstances c'était arrivé. Jamais ils n'accepteraient qu'un roturier puisse être impliqué dans cette histoire. Elle se rappela comment son père avait acheté le silence de Leopold, un camarade de classe dont elle s'était crue amoureuse et à qui elle avait offert son innocence, que tout le monde décrivait comme un sujet de la plus haute importance. L'événement ne lui avait pas vraiment brisé le cœur mais Zia avait été emplie de chagrin en comprenant que rien dans sa vie ne serait jamais *normal.* Un acte aussi intime que faire l'amour pour la première fois ne lui appartenait même pas.

Cette grossesse imprévue avait fait naître en elle un sentiment étrange de liberté. Et elle s'était enfuie, prenant une nouvelle identité pour que le palais n'ait pas son mot à dire dans cette affaire qu'elle ne parvenait toujours pas à qualifier *d'erreur.*

Zia se frotta les mains au-dessus du poêle pour se réchauffer. Elle ne s'autorisait pas souvent à penser à la façon dont cette grossesse était survenue. Les aspects pratiques que cela impliquait occupaient tout son esprit.

D'abord, elle avait dû accepter l'hypothèse qu'elle puisse être enceinte, ce qui n'avait pas été facile. Elle s'était sentie bizarre pendant deux mois avant que Beau ne la confronte à la question, de sa manière très pragmatique.

« J'ai effectué des recherches sur tes symptômes et tout semble indiquer que tu attendes un bébé... »

Zia avait éclaté de rire, mais sa sœur était revenue à la charge aussitôt.

« Tu as utilisé une protection durant cette aventure d'un soir, n'est-ce pas ? », avait-elle demandé, comme si elle était experte en matière de sexe.

Zia avait froncé les sourcils, alors Beau s'était contentée de hocher la tête en lui tendant un test de grossesse qu'elle s'était procuré, Dieu sait comment, sans que personne au palais s'en aperçoive.

Quand Zia avait vu le résultat positif s'afficher, elle n'avait pas ressenti le moindre malaise. Au contraire, une bulle de joie pure avait éclaté au fond de son cœur. Comme si le fait d'avoir un lien avec cet homme signifiait quelque chose d'important. Soudain, elle avait entrevu une porte de sortie. Car comment pourrait-elle épouser Lyon alors qu'elle portait le bébé d'un autre ? La conception accidentelle de cet enfant prouvait qu'on ne pouvait pas *tout* contrôler à sa place.

Mais petit à petit, elle avait compris que cette nouvelle l'exposait à des difficultés immenses. Et que ses conséquences pourraient avoir des retombées désastreuses pour beaucoup de personnes. La seule façon de faire face à ce nouveau tourment de sa vie était donc de fuir.

Pour de bon, cette fois.

Comme d'habitude, elle avait pu compter sur le soutien précieux de Beau. Sa sœur jumelle s'était occupée de tout pour lui créer une nouvelle vie et une identité différente. Elle avait insisté sur le fait qu'elle saurait gérer les conséquences de son départ du palais.

Terrifiée à l'idée de ne plus être là pour la défendre, Zia avait d'abord refusé avec véhémence mais Beau avait insisté pour qu'elle parte. Et la seule chose qui avait poussé Zia à quitter sa jumelle était le fait qu'elle avait maintenant quelqu'un d'autre à protéger. Deux bébés innocents et sans défense grandissaient en elle. Ils ne méritaient *pas* de vivre dans ce château où ils seraient considérés comme des erreurs.

Zia s'était donc enfuie et, grâce à l'aide de Beau, elle s'était installée sous un faux nom dans cette petite île du cercle polaire où il avait fait nuit pratiquement tout le temps.

Pour vivre, elle avait créé une entreprise qui proposait des cours de gymnastique en ligne, pour lesquels on ne pouvait entrer en contact avec son entraîneur que par mail ou SMS. Encore une idée brillante de Beau. Zia avait adoré faire cela.

Mais les voyages qu'elle menait chaque mois sur le continent pour le suivi de sa grossesse avaient donné lieu à une autre surprise.

Des jumeaux.

Cela aurait peut-être dû l'inquiéter dans la mesure où le médecin lui avait indiqué que c'était une grossesse à risque. Mais en vérité, elle était folle de joie. Ses bébés seraient toujours là l'un pour l'autre comme elle l'était pour Beau.

Zia avait décidé de se focaliser sur le bonheur. Elle était convaincue qu'il valait mieux cela pour ses bébés plutôt que de grandir avec une mère dévorée par l'anxiété et la peur. Alors, elle refusait de penser à tout ce qui était *effrayant*. Comme l'idée de ne plus jamais voir Beau en dehors d'un écran ou bien d'être seule, avec personne sur qui se reposer. Et elle se forçait à rester joyeuse quand elle songeait que le père de ces bébés ne connaîtrait jamais leur existence.

Ses jumeaux seraient là l'un pour l'autre, et elle serait là pour eux. Elle avait échoué à protéger sa sœur mais elle ferait de son mieux pour ne pas décevoir ses enfants. Du moins, pas de la manière dont ses propres parents l'avaient déçue.

Revenant à la réalité, elle commença à se préparer un déjeuner léger. Où allait-elle accoucher ? Beau lui avait proposé deux options qui semblaient sûres. Elle devrait se couper à nouveau les cheveux et croiser les doigts pour ne pas être démasquée.

C'était tout de même étrange que la nouvelle de sa disparition n'ait pas encore fait la une des médias. Elle n'avait vu aucune mention dans la presse au sujet d'une princesse en fugue ou d'un mariage annulé. De courtes missives de Beau l'assuraient que tout se passait bien au palais, malgré son absence. Même si elle se doutait que c'était fort improbable, Zia s'efforçait de la croire.

Ne garder que des pensées joyeuses.

Soudain, sa rêverie fut interrompue par un coup violent frappé à la porte. Étrange. Le livreur qui lui déposait ses courses ne passait que le mardi et on était jeudi.

Était-ce possible que… ?

Un vent de panique la fit trembler.

Non. C'était ridicule. Si son père avait envoyé des hommes à sa recherche, ils n'auraient pas pris la peine de frapper.

Zia se dirigea jusqu'à la fenêtre située à côté de l'entrée et elle essaya de regarder à travers le rideau sans être vue. Il y avait un homme dehors. Il était emmitouflé dans un manteau noir et portait un bonnet. Malgré le vent glacial qui tourbillonnait autour de lui, il ne semblait pas avoir froid.

Quelque chose de familier attira son attention sans qu'elle sache pourquoi. Sa grande taille, la façon qu'il avait de se tenir debout… Tout à coup, elle eut le sentiment que tout son corps se tendait car elle venait de reconnaître la silhouette de l'homme.

C'était *lui*. Une bouffée de joie insensée et inexplicable la traversa malgré elle. Comment avait-il retrouvé sa trace ?

Pourquoi l'avait-il recherchée ?

Un sourire se dessina sur les lèvres de Zia, jusqu'à ce qu'il lève les yeux vers elle et alors, elle ne lut rien d'autre dans son regard qu'une fureur implacable.

4

Christhian considérait que la colère n'était pas une émotion productive. Lorsque la tension montait, il préférait l'apaiser avec ce qui convenait sur le moment : une plaisanterie, de la distance ou une distraction. La fureur conduisait à des décisions irréfléchies, tout comme la peur.

Et qu'était la fureur, sinon la peur de ne pas atteindre un objectif ?

Son objectif à lui se trouvait de l'autre côté de la fenêtre.

Une princesse. Il connaissait les jeux que pratiquaient les membres des familles royales. Sa mère s'était efforcée d'échapper aux manipulations et aux manœuvres de la cour puis, quand elle était morte, il avait subi à son tour les conséquences de son titre. On l'avait arraché à ceux qui se souciaient véritablement de lui, comme s'il n'était qu'un objet d'apparat, tout cela pour protéger la version officielle de sa famille.

Parfois, Christhian pensait être en paix avec cette histoire. À d'autres moments, c'était loin d'être le cas.

Il regarda Zia à travers la fenêtre. La jeune femme prit une grande inspiration, puis elle disparut de son champ de vision. Avant qu'il n'ait eu le temps d'y réfléchir, la poignée de la porte tourna et elle apparut sur le seuil.

Elle semblait si différente de ses souvenirs, avec ses cheveux sombres et ses yeux verts, et pourtant, elle était la même. La ligne droite de son petit nez, la pointe de son menton et cette façon royale qu'elle avait de se tenir.

Elle semblait aussi plus douce.

Plus…

Mais alors, il baissa les yeux et ne pensa plus à rien. Un bourdonnement aigu retentit dans ses oreilles. Il ne voyait plus qu'un ventre très rond qu'un pull duveteux ne parvenait pas à cacher.

Un ventre de femme enceinte.

— Tu ferais mieux d'entrer, lança-t-elle de cette voix qu'il se rappelait trop bien. Il fait glacial, dehors.

Christhian ne sentait absolument pas le froid. Dès l'instant où il l'avait aperçue derrière cette fenêtre, il ne l'avait plus ressenti. Et il n'avait aucune envie d'entrer dans cette cabane perdue au milieu de la toundra.

Mais il était un homme d'action. Il n'avait pas le choix.

Alors, il fit quelques pas à l'intérieur et il la laissa refermer la porte derrière son passage.

Christhian fixa son ventre arrondi, l'esprit en proie à mille pensées contradictoires qui s'entrechoquaient, l'empêchant de raisonner correctement. Zia avait tout bousculé il y a bientôt sept mois. Et elle recommençait à le faire maintenant. Sept mois.

— Qu'est-ce que c'est que ça ? demanda-t-il d'une voix rauque.

— Peut-être pourrais-tu commencer par me dire pourquoi tu es là, répliqua-t-elle d'une voix directive qui l'exaspéra au-delà de la raison.

La fureur n'est que la peur de ne pas atteindre un objectif. Il se répéta mentalement ce mantra, en vain.

— Est-ce que tu me… cherchais ? reprit-elle d'un ton prudent.

Zia afficha une expression impassible mais il vit passer dans ses yeux une lueur furtive qui ne lui plut pas. Car elle ressemblait à de l'espoir.

L'espace d'un instant, cela le pétrifia sur place. *L'espoir.* Un concept qu'il avait laissé derrière lui depuis bien longtemps, quand il avait compris qu'il ne pourrait compter que sur lui-même dans la vie. Et qu'il devrait s'opposer aux forces qui voulaient le réduire à une simple anecdote, évoquée quand on cherchait à dissimuler des vérités plus sordides.

Non, l'espoir était inutile. En revanche, Christhian avait appris que ce concept pouvait être utilisé comme une arme.

Un enfant. Un *enfant* grandissait dans le ventre de cette femme magnifique. Un enfant de sang *royal*.

Il aurait pu mentir. Passer sous les défenses de la jeune femme et obtenir toutes les informations dont il avait besoin en quelques secondes. La laisser croire en cet espoir jusqu'à ce qu'il ait toutes les réponses nécessaires pour avancer puis, décider de ce qui devrait être fait pour régler… la situation.

Mais il y a longtemps, Christhian s'était fait une promesse quant au genre d'hommes qu'il voulait être.

Alors, il choisit de dire la vérité à Zia.

— Je m'appelle Christhian Sterling. J'ai été embauché par ton père pour te retrouver. Quand il m'a donné les détails de ta disparition en début de semaine, j'ai vu une photo et c'est là que je t'ai reconnue. Mais il n'a pas fait mention de…

Il s'interrompit et inclina la tête en direction de son ventre.

— Les hommes de mon père me cherchent depuis des mois et tu as mis *une semaine* à me retrouver ?

— C'est mon métier.

Soudain, Zia pencha la tête et l'examina plus attentivement.

— Christhian Sterling, je connais ce nom, murmura-t-elle en fronçant les sourcils comme si elle cherchait à convoquer des souvenirs anciens.

Il éprouva un étrange soulagement à l'idée qu'elle ne l'ait pas reconnu cette nuit-là car au moins, ce qu'ils avaient partagé était sincère. Vrai.

— Tu… tu as retrouvé Lady Lina Sorenson, finit-elle par déclarer. Une de mes amies. C'était il y a longtemps. Nous avions quatorze ans.

Il se souvint immédiatement du nom car c'était l'une de ses premières affaires officielles.

— En vérité, tu l'as sauvée, reprit Zia. Elle était dans une situation désespérée.

Christhian haussa les épaules. Il se rappelait parfaitement que la jeune fille avait été à deux doigts de tomber entre les griffes d'un groupe de messieurs peu recommandables.

— C'est mon métier, se contenta-t-il de répéter.

Zia acquiesça d'un air royal.

— Donc, tu es là pour me ramener à mon père, fit-elle avant de secouer la tête. Il ne sait pas pour… ça.

Elle posa les mains sur son ventre comme pour protéger la vie qui s'y trouvait avant de lui lancer un regard calme.

— Et le père, est-il au courant ? demanda-t-il d'un ton neutre.

Peut-être connaissait-il déjà la réponse. Peut-être qu'il savait exactement dans quoi il venait de mettre les pieds. Mais il voulait qu'elle le dise. Sans équivoque.

— Christhian, gronda-t-elle d'une voix basse et légèrement dédaigneuse. C'est *toi*, le père.

Et soudain, *tout* se compliqua.

Zia n'arrivait pas à croire que ce soit arrivé. Elle pouvait enfin donner un nom à l'homme qui hantait ses rêves depuis bientôt sept mois. Quant aux circonstances qui l'avaient amené jusqu'à elle, elles étaient encore plus folles. *Son père*. Le métier de Christhian. Elle avait entendu *parler* de lui, avant même de le connaître et c'était une surprise en soi.

Pourtant, elle avait envie de se jeter dans ses bras et de se serrer contre lui. Il était là et elle avait le sentiment que cela… signifiait quelque chose.

Mais en voyant l'expression du visage de Christhian, elle comprit aussitôt qu'il n'en était rien.

— Donc tu n'avais pas prévu de me l'annoncer, dit-il d'une voix glaciale.

Ce n'était pas une question.

Elle cligna des yeux. Ils ne s'étaient rien dit de personnel ce soir-là, alors son ton accusateur lui parut soudain d'une injustice flagrante.

— Je ne connaissais même pas ton nom ni d'où tu venais. Comment aurais-je pu te prévenir ?

Bien sûr, lui l'avait trouvée, mais c'était grâce à l'intervention de son père, uniquement.

— Tu es pleine de ressources, Zia, murmura-t-il d'une voix grave et en entendant son nom rouler sur sa langue avec cet accent chantant qui témoignait de mille vies vécues et d'autant de voyages, elle frissonna de désir.

Elle secoua la tête en soupirant. Pas question de se laisser distraire. Elle devait avant tout protéger ses enfants. Et se protéger elle-même. Christhian était envoyé par son père et même si Zia ne considérait pas le roi comme un méchant homme, elle savait que pour lui, l'intérêt du royaume passait avant tout. Elle ne lui en voulait même pas. Il avait été élevé depuis le berceau pour penser et agir de cette manière. Zia ignorait la raison pour laquelle elle-même n'avait pas embrassé cette foi aveugle dans la couronne. Ce privilège stupide était sans doute l'apanage des hommes…

À présent, elle se trouvait face à celui-ci. Et qu'il soit ou non le père de ses enfants, il était un prolongement de cette couronne. Elle ne devait pas l'oublier.

— Tu aurais pu retrouver mon nom dans le registre de l'hôtel, reprit-il d'un ton froid. Auprès de quelqu'un au bar ou au club de danse. Tant de chemins t'auraient conduite à moi si tu avais seulement essayé.

C'était sans doute vrai mais il ne lui était jamais venu à l'esprit de le faire. À quoi bon mentir ou essayer de sauver les apparences ?

— Je n'y ai tout simplement pas pensé, Christhian, avoua-t-elle. Contrairement à toi, je ne cherche pas les causes perdues. Je ne suis qu'une princesse. D'ailleurs je ne le suis même plus. J'ai laissé cette vie derrière moi.

— Malheureusement, tu te trompes. Tu es une princesse en

fuite qui a besoin d'être ramenée aux personnes responsables de sa vie. Nous partons sur-le-champ.

Zia soupira lourdement. C'était plus agréable lorsqu'il n'était qu'un fantasme. Alors, elle pouvait faire de lui ce qu'elle voulait. À présent, il avait tout gâché en se comportant comme les autres hommes de sa connaissance.

Mais surtout, il n'avait pas pris en considération un point essentiel : son implication dans sa grossesse changeait tout.

— Tu crois honnêtement que tu peux me ramener au palais et t'en sortir indemne ? C'est facile d'imaginer ce que mon père va faire, à présent. Tu n'es pas un roturier, n'est-ce pas ? Ta mère était… membre d'une famille royale à part entière, il me semble.

Christhian ne répondit pas immédiatement et en voyant son air impassible, Zia détourna le regard pour tenter de se rappeler ce qu'elle savait de lui. Le limier des fugueurs royaux… Son père était américain. Une star de cinéma ? Quelque chose comme ça. Mais sa mère…

— On t'appelle prince, déclara-t-elle.

— Je ne suis pas prince.

— Ta mère était une princesse.

Elle ne se rappelait pas tous les détails, mais après le retour de Lina, elles avaient beaucoup parlé de ce beau jeune homme qui avait sauvé son amie. Au fil des ans, Zia avait entendu d'autres histoires à son sujet même si elle n'y avait pas prêté beaucoup attention. Mais il était connu et était de sang royal.

Ce qui était le pire scénario qui pouvait se présenter pour eux.

— Ma mère était la plus jeune des sept princes et princesses d'un tout petit pays, admit Christhian d'un ton réticent.

— Quelle qu'ait été sa place dans la lignée, tu as forcément hérité d'un titre royal.

— Je l'ai rejeté, lança-t-il d'une voix grondante de colère et de dédain.

Mais Zia connaissait suffisamment le monde de la royauté

pour savoir que ce genre d'actions faisait des vagues. Or, elle ne se rappelait rien de la sorte.

— Officiellement ? insista-t-elle avant de sourire sans pouvoir s'en empêcher. Ou bien seulement quand ça te convient ?

À la façon qu'il eut de croiser les bras et de serrer les lèvres sans rien répondre, elle sut qu'elle avait fait mouche. Même s'il rejetait son titre, Christhian n'avait pas coupé les ponts avec sa famille royale. Ce qui compliquait davantage leur situation.

— Mon père va insister pour que nous nous mariions. J'étais destinée à épouser un homme de plus haut rang, mais les circonstances...

Elle s'interrompit et posa une main sur son ventre avant de reprendre.

— Les circonstances font que si tu me ramènes à lui, nos destins seront scellés.

Christhian ne sembla pas le moins du monde dérouté par sa déclaration. Il se contenta de hausser une épaule en soutenant son regard.

— Qui sait, c'est peut-être moi qui insisterai pour que l'on se marie.

Elle entrouvrit les lèvres sous le coup de la surprise.

— Quoi ?

— Je n'ai encore rien décidé. Il faut que j'étudie les différentes possibilités qui s'offrent à moi.

Il ne pouvait pas être sérieux.

— Nous ne nous connaissons pas, protesta faiblement Zia. Comment pourrions-nous nous...

Il la fixa en silence et elle détourna le regard, troublée. Son corps palpitait, assailli de souvenirs qui l'avaient tenue au chaud, ces derniers mois. Elle aurait préféré les avoir oubliés car alors, elle fantasmait en imaginant un avenir possible avec lui. À présent, il se tenait devant elle, comme un juge prêt à exécuter sa sentence et même si l'avenir la terrorisait, elle ne pouvait s'empêcher de frémir de désir pour lui.

— Nous nous connaissons assez bien, *Princesa*, fit-il d'une voix chaude et basse qui s'insinua comme une caresse dans tout son être.

Il parlait de la ramener à son père. Il envisageait de l'épouser. Cet homme était-il fou ?

— Je ne retournerai pas au palais, déclara-t-elle fermement en serrant les poings.

— Non, pas tout de suite, acquiesça-t-il avec une assurance déconcertante. Nous avons d'abord des décisions à prendre. Mais pas ici, ajouta-t-il en balayant du regard sa cabane avec un mépris évident. Nous irons dans l'une de mes propriétés.

— Tes propriétés ? Dis-moi encore que tu n'es pas de famille royale, Christhian.

— J'ai bâti ma fortune moi-même, répliqua-t-il avant de s'incliner vers elle avec respect. Nous partons d'ici dans trente minutes. Je n'attendrai pas une seconde de plus, Votre Altesse.

5

Zia utilisa la totalité de ces trente minutes, bien qu'elle n'ait sans doute pas grand-chose à emporter. Christhian se doutait qu'une princesse en fuite ne voyage pas qu'avec ce qu'elle est capable de porter à la main. Quand elle apparut enfin, il lui arracha ses valises des mains et s'avança vers sa voiture.

Elle le suivit sur le chemin enneigé en marchant prudemment pour éviter les plaques de verglas, une main posée sur son ventre. Il dut lutter contre l'envie de s'approcher d'elle et lui tendre le bras mais il préférait éviter tout contact physique susceptible de lui rappeler leur nuit de passion.

Il prévoyait d'emmener Zia dans son domaine situé au nord de Lille. Ainsi, ils seraient suffisamment proches pour qu'il puisse la ramener à son père, s'il décidait que tel serait leur sort. Là-bas, ils seraient seuls avec son personnel réduit et ils pourraient conclure tranquillement une sorte d'accord.

Le mariage ? Christhian s'était juré ne plus jamais entrer dans les manœuvres de la cour, donc une union semblait être le pire scénario possible. Pourtant, il ferait partie de la vie de son bébé. Certes, il n'avait jamais eu le désir d'être père avant ce moment, mais il savait qu'il avait de la sagesse à transmettre. Et il veillerait à ce que son enfant ne subisse pas le lavage de cerveau auquel il aurait sans doute droit s'il tombait entre les mains du roi Rendall.

Zia était jeune et Christhian savait ce qu'il en était, au sein des familles royales. Il en avait été témoin durant la courte vie de sa mère. Les princesses ont beau essayer de s'échapper, elles n'y parviennent jamais. Elles s'enfuient plutôt que de tenir tête au pouvoir. De plus, il n'était pas exclu que Zia décide un jour de retourner à Lille. Elle voudrait davantage pour son – leur – enfant, tout comme la mère de Christhian l'avait voulu.

Il savait à quel point le droit du sang peut être profondément ancré en soi, quand bien même on trouve la vie royale étouffante.

Christhian avait donc besoin de temps pour réfléchir. Pour planifier l'avenir. Et réorganiser le monde à sa façon. D'une manière que ses parents n'avaient pas été capables d'accomplir. Car lui, pas plus que Zia, ne subirait leur sort. Il n'y aurait pas de fuite et cet enfant grandirait auprès de ses deux parents.

Il les conduisit jusqu'au petit aéroport de l'île. La nuit était tombée et il commençait à neiger. Le décollage serait délicat, mais il n'avait guère le choix. Une fois garé, il rassembla les affaires de Zia, puis il ne put s'empêcher de l'aider à sortir de la voiture. Elle glissa sa fine main gantée dans la sienne, lui offrant des éclairs de réminiscence qui menaçaient de le distraire.

Mais Christhian était plus fort que cela. Il lâcha sa main et la conduisit jusqu'au terminal de l'aéroport où ils retrouvèrent son assistant.

— L'avion est prêt ?

— Oui, monsieur. Nous devons décoller dès que possible. Le mauvais temps arrive. Ils prévoient de fermer l'espace aérien d'ici une heure.

Ils suivirent l'homme dans un dédale de couloirs jusqu'au tarmac. Alors qu'ils approchaient de son jet, Christhian confia les bagages de Zia à l'assistant, avant de tendre la main à la jeune femme – non sans réticence –pour l'inviter à gravir les marches qui menaient à la cabine.

Elle marqua un temps d'arrêt comme si elle hésitait.

— Cet avion est minuscule.

— Il est d'excellente qualité et il nous amènera sans encombre jusqu'à ma piste d'atterrissage privée.

Elle lui lança le même regard que dans la cabane, lorsqu'elle avait souligné qu'il était évidemment de sang royal.

Christhian avait peut-être un titre officiel à Hisla, mais il ne l'utilisait jamais, et la sœur aînée de sa mère, la reine actuelle, n'avait pas besoin de lui. Ni lui d'elle. Une partie de ses biens provenait de l'héritage de sa mère mais il tenait la majorité de sa fortune de l'argent que lui avait légué son père dont la carrière d'acteur était au sommet. Il pensa un instant à ses grands-parents, aux États-Unis. La famille de sa mère l'avait tenu à l'écart d'eux durant son enfance mais une fois adulte, Christhian avait forgé un lien solide avec le vieux couple. Il était convaincu qu'ils accueilleraient avec bonheur la nouvelle d'un arrière-petit-enfant à venir.

Cette pensée lui fit presque chaud au cœur.

Mais avant cela, il y avait beaucoup de complications à gérer. Comme le fait qu'il ait commis sa seule et unique erreur d'adulte avec une *princesse*.

Il aida Zia à entrer dans la cabine, puis il lui fit signe de s'asseoir.

— Prends le siège qu'il te plaira. Le voyage durera quelques heures.

Elle obtempéra et leva les yeux vers lui alors qu'il s'apprêtait à entrer dans le cockpit.

— C'est toi qui pilotes ? s'exclama-t-elle d'un ton alarmé.

Il lui jeta un coup d'œil par-dessus son épaule.

— Le pilote ne faisait pas partie du budget.

— J'imagine qu'avec ce que tu factures, tu peux largement te le permettre, répliqua-t-elle d'un ton cynique.

Il haussa les épaules sans prendre la peine de répondre.

— Attachez votre ceinture, *Princesa*. Il semble que nous allons traverser quelques turbulences.

Sur ces mots, il refoula Zia au fin fond de son esprit et se concentra sur le vol.

Le voyage ne fut pas de tout repos et Zia était à bout de nerfs quand l'avion finit par se poser sur la piste d'atterrissage. Elle desserra ses mains des accoudoirs en soupirant de soulagement.

Ce ne fut pas Christhian qui l'aida à descendre les marches de l'escalier, mais son assistant. L'homme lui adressa un sourire aimable qui contrastait avec l'attitude glaciale de son patron.

Zia fut conduite jusqu'à une voiture tandis que la neige tourbillonnait en gros flocons autour d'eux. Elle n'avait aucune idée de l'endroit ni du pays où ils se trouvaient. Sans doute aurait-elle dû s'en préoccuper davantage mais que pouvait-elle faire ? Christhian était le père de ses enfants. Il avait le droit d'avoir son mot à dire. Elle devait seulement trouver un moyen de s'assurer qu'elle serait entendue, *elle aussi*. Mais comment s'y prendre ? S'enfuir avait toujours été la seule solution. Là, elle ne pouvait pas s'échapper, pas plus qu'elle ne pouvait fuir sa grossesse.

Ses enfants. C'étaient eux qui comptaient le plus dans cette histoire. Zia ferait tout pour eux, elle affronterait n'importe qui et les protégerait de sa vie s'il le fallait.

Leurs besoins passaient avant le reste.

Elle n'agirait pas comme ses parents. La reine n'était jamais intervenue pour les protéger, Beau et elle. Quant à son père, il avait toujours placé les besoins de son pays avant quiconque.

Christhian se mit au volant de la voiture et Zia constata avec regret que son assistant ne les accompagnait pas. C'était la seule personne qui s'était montrée gentille avec elle. Elle était épuisée. Après avoir pris un repas léger dans l'avion, elle avait été incapable de dormir. Christhian les conduisit à travers des routes sinueuses, mais la neige tombait si fort que la visibilité était quasiment nulle. Zia s'agrippa à la portière de la voiture comme elle s'était accrochée à son siège durant le vol. La voiture fit soudain halte devant un large portail qui s'ouvrit lentement devant eux. Ils empruntèrent alors une allée qui menait à...

— Christhian...

— Quoi ?

— C'est un château !

Il était plus petit que ceux dans lesquels elle avait passé sa vie mais ce n'en était pas moins un, avec ses pierres majestueuses, ses tours, ses grandes fenêtres et ses corniches finement sculptées. Avec la neige qui tombait à gros flocons et les arbres blancs qui l'entouraient, le palais semblait sorti tout droit d'un conte de fées.

Christhian étudia le vaste bâtiment comme s'il n'avait jamais envisagé cette question auparavant.

— Ce n'est pas un château.

— Il y a des *tourelles*.

— C'est une vieille demeure, fit-il. Il vient d'une ancienne lignée scandinave de la famille de ma grand-mère. Mais nous ne l'avons jamais considéré comme un château. On l'appelle le Cottage Espinas.

Elle faillit répliquer que cela n'avait rien d'un cottage mais elle se retint.

— C'est très isolé, reprit-il. Nous serons tranquilles pendant quelques jours, le temps de déterminer comment nous allons procéder.

— *Nous* ou *toi* ?

Il haussa les épaules.

— Je te propose de remettre ces questions de sémantique à plus tard et de rentrer nous mettre au chaud.

Le message était clair. C'est lui qui prendrait les décisions. Elle était coincée ici, dans un château perdu au milieu du blizzard, avec un type qui se prenait pour le maître du monde.

C'était si familier, tout compte fait.

Et une vague de rébellion mêlée à une frustration intense se leva en elle tandis qu'elle gravissait les marches enneigées qui menaient au château. Zia aurait voulu affronter cette arrogance masculine, tout comme elle s'était dressée contre l'oppression parentale. Alors qu'elle n'était une adolescente impétueuse, elle n'était rentrée dans le rang que pour protéger sa sœur. Car leurs parents considéraient les crises de panique de Beau comme une faiblesse, un fléau. Jamais comme une simple maladie à traiter.

Pendant des années, Zia s'était pliée à leur volonté, dans l'espoir que sa jumelle ne soit pas enfermée.

Mais cette dernière n'était plus là à présent. La seule personne qu'elle pouvait blesser, c'était elle-même. Ou *lui*.

— Il y a quelque chose que j'ai oublié de te préciser, annonça-t-elle alors qu'ils entraient dans le vaste hall et sa voix résonna à travers les murs en pierre.

— Quoi donc ? fit-il distraitement.

— Je n'attends pas ton bébé, Christhian.

Il soupira et lui lança un regard plein de mépris.

— Zia...

— J'attends *tes* bébés. Nous allons avoir des jumeaux.

Elle eut l'immense satisfaction de voir le choc total s'afficher sur le visage stupéfait de Christhian.

Alors, pour la première fois depuis qu'il était réapparu dans sa vie, elle lui adressa un grand sourire.

6

Le sourire éclatant de Zia fit naître au cœur de Christhian une flamme de fureur et de désir mêlés. Une combinaison dangereuse et malvenue. Car il ne pouvait se permettre de s'abandonner aux sentiments qui le tourmentaient.

Des jumeaux. Deux bébés. Au fond, qu'importe qu'il y en ait un ou deux, mais c'était tout de même un choc. Et ce sourire prouvait que c'est l'effet que Zia avait espéré obtenir avec cette annonce. Il n'allait donc pas y réagir.

— Je vais te montrer ta chambre, déclara-t-il d'un ton neutre, déterminé à ne révéler aucun signe de faiblesse. Tu as l'air épuisée.

— Je le suis, admit-elle en hochant la tête. Et je suis aussi affamée.

— Je vais demander à la cuisinière de te préparer un plateau.

— Parfait.

Il la conduisit vers l'escalier orné de sculptures majestueuses et fronça les sourcils. Elle n'avait pas tort. Les grandes fenêtres, les absides vertigineuses, les encorbellements et les arcades complexes donnaient sans doute l'illusion d'être dans un palais élégant. Une grande partie des écussons royaux avaient été démontés et rangés avant que le cottage ne revienne en sa possession. Christhian aimait ce lieu pour son isolement. Aucun membre de sa famille ne se serait aventuré à lui rendre visite dans cet endroit situé très au nord de leur royaume, alors qu'ils n'hésitaient pas à le faire dans ses autres propriétés, à l'affût du moindre ragot.

C'était l'une des rares demeures que sa mère lui avait léguées dans laquelle il se sentait chez lui.

Peu importe ce que Zia en pensait. Son avis ne comptait pas.

Qu'en était-il de celui du roi Rendall ?

La question était plus épineuse et Christhian n'avait pas eu le temps d'y réfléchir. Il le ferait dès qu'il aurait intégré cette… nouvelle.

Des jumeaux. Pas un, mais deux enfants. Cela ne changeait pas vraiment la situation et pourtant, c'était différent. Plus réel.

Christhian conduisit Zia dans l'escalier jusqu'à la suite qui avait été préparée pour elle. La sienne se situait dans une autre aile très éloignée du château. Le plus loin possible d'elle.

Il ouvrit la porte pour la laisser entrer.

— Mon personnel est réduit au minimum et avec le temps qu'il fait dehors, il y a de fortes chances que nous soyons coincés ici pour un moment. Tu devras t'habituer à te prendre en charge toute seule.

Elle lui lança un regard hautain et majestueux en relevant le menton d'un air de défi.

— C'est ce que je faisais dans ma cabane depuis des mois, maintenant. Je suis certaine de pouvoir m'en sortir, Christhian.

— Tes tentatives d'évasion ne font pas de toi une dure à cuire, *Princesa*.

— Je comprends ton point de vue, mais je t'assure que vivre seule ces quelques mois m'a beaucoup appris. J'ai bénéficié de nombreux privilèges dans ma vie. Mais chacun d'entre eux s'accompagnait de conditions et parfois, celles-ci étaient…

Zia s'interrompit comme si elle cherchait les mots justes. Lui-même en avait quelques-uns très précis en tête mais il garda les lèvres closes. Il ne devait pas s'identifier à elle, que ce soit à travers sa propre expérience ou celle de sa mère.

Zia et lui allaient devoir s'entendre pour être les meilleurs parents possibles pour leurs enfants mais jusqu'à ce qu'il décide quelle forme prendrait ce *partenariat*, la jeune femme restait une adversaire.

Voyant qu'elle n'achevait pas sa phrase, il la conduisit dans sa suite qui s'ouvrait sur un salon joliment aménagé. Les portes de la chambre et de la salle de bains étaient ouvertes et il aperçut les bagages de Zia soigneusement rangés le long du mur. Tout en la regardant explorer son nouvel appartement, Christhian se dit qu'il était temps pour lui de se retirer.

Mais il était en proie à un sentiment des plus étranges. Peu importe sa résolution, il était incapable de prévoir ce qui arriverait après ce soir. D'habitude, il avait toujours un coup d'avance dans la vie. Il prenait ses décisions vite et de façon précise. À ses yeux, le doute était un poison.

Pourtant en cet instant, il s'instillait en lui à chaque seconde qui passait.

Car il ne savait pas quoi faire de *tout cela*. Ni *d'elle*.

Christhian hésitait, ce qui ne lui arrivait jamais.

— Qu'avais-tu prévu de faire ? lança-t-il.

Zia se tourna vers lui et plongea ses yeux verts dans les siens.

— Que veux-tu dire ?

— Quels étaient tes plans ? Pour toi, et les bébés...

Elle le fixa sans répondre un moment, puis elle hocha légèrement la tête.

— Je devais d'abord déterminer le lieu où j'allais accoucher. L'île où j'habitais n'avait pas de maternité et il me fallait aller sur le continent. J'avais le choix entre plusieurs endroits. Pour la suite, je ne savais pas encore.

— Tu aurais eu besoin d'aide.

Elle haussa les épaules sans répondre et il résista à l'envie d'insister pour en savoir davantage. Ce n'était pas important. C'est ce qui allait suivre qui comptait.

— Je te laisse te reposer. Quelqu'un te montera bientôt un repas.

— Et toi, que vas-tu faire ?

— Prendre des dispositions.

— Sans moi ?

— Tu as eu amplement le temps d'en prendre sans *moi*. C'est à mon tour, maintenant.

Zia secoua la tête.

— C'est moi qui porte ces enfants. C'est moi qui les mettrai au monde. Tu ne m'excluras pas des décisions. Je ferai tout ce qui est en mon pouvoir pour m'en assurer, même si cela nécessite l'intervention de mon père.

Il était soulagé qu'elle exprime un peu sa colère et qu'elle se batte. C'était plus simple de trouver son chemin dans un conflit.

— À votre place, j'y réfléchirais à deux fois avant de me menacer avec votre roi, Majesté.

— Ce n'est pas une menace, répliqua Zia d'un ton parfaitement calme. Je m'explique, simplement. Mes bébés sont ma priorité absolue. Je ferai tout ce qu'il faut pour les protéger. Je suis leur mère.

— Et je suis leur père.

Elle soupira et les traits de son joli visage s'adoucirent.

— Je suis heureuse que tu le saches, malgré les désaccords auxquels nous devrons sans doute faire face, murmura-t-elle avant de s'approcher de lui et de le fixer de ses grands yeux verts.

Il n'avait pas envie de la croire. Il voulait se convaincre qu'elle mentait. Au fond, que savait-il d'elle ? Elle était peut-être une experte en manipulation. Mais en voyant son regard grave, il sut qu'elle était sincère.

C'était peut-être une piste vers un terrain d'entente. Devait-il s'en réjouir pour le bien de ses enfants ? Était-ce un espoir auquel se raccrocher ?

Christhian savait trop bien vers quoi l'espoir peut conduire. Il l'avait appris à ses dépens avec la famille de sa mère, en croyant d'abord qu'ils l'avaient arraché à ses grands-parents parce qu'ils se souciaient de lui. En grandissant, il s'était aperçu que ce n'était pas le cas, puis il avait encore été trop stupide pour croire qu'un de ses cousins s'était lié d'amitié avec lui par gentillesse. Au lieu de cela, Antonio n'avait fait que le surveiller pour le compte de sa mère qui était reine à l'époque.

Christhian avait donc renoncé à faire confiance aux autres. Et il avait rayé *l'espoir* de sa vie.

Soudain, il fut en proie à une émotion nouvelle et inexplicable.

Zia se tenait trop près de lui et des souvenirs s'imposèrent à son esprit sans qu'il puisse les chasser. Des souvenirs de cette nuit où elle avait réduit sa volonté à néant. Et c'était encore le cas maintenant. Il ne put s'empêcher de penser à ce qu'il ressentirait en la touchant à nouveau. Le goût qu'elle aurait, ici, dans son propre monde – pas dans l'univers fictif qu'ils avaient construit, ce soir-là. Ce serait réel.

Zia le fixa comme si elle décelait son trouble et il comprit que c'était une arme qu'elle pourrait brandir contre lui s'il ne mettait pas clairement les choses au clair entre eux. Maintenant. Et pour de bon.

— Je pourrais te mettre dans mon lit en moins de cinq minutes si je le voulais, dit-il d'une voix rauque en s'assurant que son souffle tiède caresse son cou. Et tu ferais tout ce que je dis, tout ce que je veux.

Christhian vit un tremblement la traverser et une flamme de désir pur briller dans les yeux de la jeune femme. Son propre sexe durcit aussitôt en réaction, mais hors de question de se laisser distraire aussi facilement. Peu importe la puissance de l'alchimie qui les liait.

— Mais nous sommes ici pour décider de l'avenir, *Princesa*. Rien d'autre.

Ce fut à son tour d'esquisser un sourire avant de tourner les talons et quitter la chambre sans ajouter un mot.

Zia dormit bien malgré les circonstances. Sa grossesse la fatiguait de plus en plus et elle avait du mal à trouver le sommeil le soir. Mais quand Christhian avait quitté la pièce, elle avait beau être frustrée et affamée, elle s'était glissée dans le lit et s'était endormie aussitôt.

Malheureusement, ses rêves s'étaient révélés… troublants. Et marqués par les souvenirs de sa nuit avec lui. Son corps ferme et chaud quand ils dansaient ensemble, leur retour imprudent en voiture jusqu'à sa chambre d'hôtel, son souffle quand il se tenait sur le lit au-dessus d'elle. *En elle.* Et son regard sombre qui ne la quittait pas. Exactement le même qu'il avait eu en lui murmurant cette phrase provocante avant de la quitter.

Les mots de Christhian tournaient en boucle dans sa tête comme un sortilège.

Je pourrais te mettre dans mon lit en moins de cinq minutes si je le voulais. Et tu ferais tout ce que je dis, tout ce que je veux.

Zia devait admettre malgré elle qu'il avait raison car elle frémissait de désir à cette simple pensée.

Mais Christhian n'avait dit cela que pour la remettre à sa place, elle en était consciente. Elle connaissait les hommes puissants et leur besoin de tout contrôler. Il avait lancé cette remarque parce qu'il avait le sentiment de ne pas maîtriser la situation, elle en était certaine. Et cela lui procurait au moins cette satisfaction. Il ne savait pas comment gérer cette situation ni comment la gérer, *elle*. Cela avait été pareil lors de cette soirée au Portugal.

Mais en cet instant, Zia était tellement affamée qu'il fallait qu'elle se nourrisse avant de pouvoir réfléchir à la suite. Elle se changea rapidement, puis elle se rendit dans le salon et découvrit avec bonheur qu'un plateau de pâtisseries avait été déposé sur une petite table. Elle s'installa dans un fauteuil et en dévora deux sans reprendre son souffle. Aussitôt, elle se sentit mieux. Elle envisagea de manger un troisième gâteau avant d'opter plutôt pour un grand verre d'eau.

Quelle heure pouvait-il bien être ? Il n'y avait aucune horloge au mur et son téléphone était à court de batterie. Elle alla le brancher, attendit qu'il se rallume et envoya un rapide texto à Beau pour l'informer qu'elle avait quitté l'île, qu'elle allait bien et qu'elle lui donnerait des nouvelles bientôt.

Sa sœur n'allait pas apprécier mais c'était tout ce que Zia pouvait lui offrir en attendant d'en savoir plus. Il était hors de question qu'elle revienne à Lille, mais si la décision de Christhian impliquait une situation qui ne serait pas optimale pour ses enfants, elle pourrait être forcée de retourner voir son père pour lui demander de l'aide.

Sa gorge se noua à cette pensée, car cette alternative ne présageait rien de bon pour ses bébés dans la mesure où le roi ferait passer l'intérêt du royaume en priorité, elle le savait bien. On lui imposerait sans doute un mariage avec Christhian, par le biais d'un accord avec la famille de sa mère. Et ses enfants seraient traités comme des petits pions, incapables d'exprimer leurs propres opinions ou sentiments.

Une vague d'angoisse la gagna et elle secoua la tête. Elle ne devait pas penser au pire et envisager la situation au jour le jour, le plus calmement possible.

Elle aurait aimé pouvoir en discuter avec Beau mais elles avaient convenu que les conversations téléphoniques étaient trop risquées, car faciles à tracer et à localiser. Zia allait devoir se débrouiller seule, se contentant d'informer sa sœur de temps à autre avec un SMS provenant d'un numéro anonyme.

Elle poussa un soupir. Elle y arriverait, mais d'abord, il fallait qu'elle mange autre chose que ces pâtisseries. Elle sortit de sa suite et emprunta le couloir en direction du grand escalier que Christhian lui avait fait gravir la veille au soir. Arrivée en bas, elle explora quelques pièces vides avant de faire irruption dans ce qui ressemblait à une salle à manger étroite, meublée d'une longue table en bois au bout de laquelle Christhian était assis.

Une assiette de nourriture et un ordinateur portable étaient posés devant lui. Ses cheveux noirs étaient un peu humides, comme s'il sortait de la douche et il avait revêtu une tenue décontractée : un pull et un pantalon en laine.

Le cœur de Zia s'emballa dans sa poitrine. Jamais elle n'avait vu un homme aussi beau que lui. Il n'avait rien des princes chétifs et pâles qu'elle avait l'habitude de croiser dans les palais. Il était grand, large d'épaules et très musclé. Sans doute ressemblait-il à son père américain et à cette pensée, elle ressentit un pincement de tristesse. Car elle s'était rappelé tardivement que les parents de Christhian étaient morts dans un tragique accident de voiture qui avait fait beaucoup de bruit à l'époque. Elle était trop jeune alors, pour s'en souvenir, mais cet événement avait souvent été évoqué dans son entourage au fil des ans, comme une tragédie que l'on se murmure à voix basse, pour conjurer le risque que cela vous arrive un jour.

Soudain, une question qu'elle ne s'était jamais posée s'imposa à elle. À quoi ressembleraient ses bébés ? Auraient-ils les yeux noirs de Christhian ou bien ses yeux verts ? Elle ne s'était pas non plus interrogée sur leur sexe car c'était trop difficile de les imaginer en tant que personnes mais maintenant que leur père était dans sa vie – en quelque sorte – c'était différent.

— Bonjour, fit-il un peu distraitement sans lever les yeux de son écran. Nous sommes bel et bien bloqués par la neige. Impossible de sortir de la maison pendant au moins quarante-huit heures. Je te suggère de te mettre à l'aise et de faire savoir au personnel si tu as besoin de quoi que ce soit.

Il s'interrompit et fit un geste de la main en direction de la table.

— Assieds-toi. Ramon va t'apporter un déjeuner.

Un homme apparut alors comme par magie avec une assiette dans les mains, qu'il déposa à la place située à côté de Christhian, sans remarquer le regard furieux que son patron lui lança. Manifestement, celui-ci n'avait pas envie que Zia s'asseye à côté de lui, ce qui la poussa aussitôt à venir s'installer en face de son assiette.

Elle remercia l'homme qui s'éloignait avant d'adresser un sourire à Christhian. Ce dernier se contenta de baisser les yeux vers son ordinateur sans un mot.

Zia regarda son assiette qui était garnie d'une omelette appétissante. Elle avait renoncé au café depuis le début de sa grossesse et elle but avec plaisir quelques gorgées de jus de fruits frais. Elle prit ensuite une bouchée de son omelette avant de se tourner vers Christhian.

— As-tu informé mon père que tu m'avais retrouvée ?

Il ressemblait à un homme qui ne prenait d'ordre de personne et pourtant, son métier devait bien l'obliger, d'une manière ou d'une autre, à rendre des comptes à ceux qui faisaient appel à ses services.

Christhian parut hésiter quelques secondes, puis son visage reprit son air impassible.

— Je veux d'abord décider de la façon dont je vais procéder avant de faire mon rapport à ton père, déclara-t-il d'un ton raide.

Intéressant. Elle prit une autre bouchée de l'omelette qui était délicieuse.

— Et quand auras-tu décidé ?

Les traits du visage de Christhian se tendirent légèrement. Zia savait pourquoi elle s'était abandonnée dans les bras de cet homme à la beauté maléfique. Il y avait toujours eu en elle une flamme de rébellion. Ce n'était pas une qualité, mais c'était ainsi. Elle n'aimait pas qu'on lui dicte son comportement ce qui, pour une princesse, posait un véritable problème. Elle cachait cette nature contradictoire plus aisément que sa sœur, mais c'était un combat permanent. Il suffisait que quelqu'un lui ordonne de faire quelque chose pour qu'elle ait aussitôt envie de lui désobéir.

Très vite, son père avait compris que la seule façon de la mettre au pas consistait à menacer l'avenir de Beau. Avec des séjours en asile ou des opérations chirurgicales inutiles et risquées.

Et même si Beau proclamait que la situation au palais était sous contrôle, Zia ne pouvait s'empêcher d'être inquiète à l'idée que Christhian la ramène à son père et que sa sœur en pâtisse d'une manière ou d'une autre.

C'est pourquoi, plus jamais elle ne *devrait* avoir envie de coucher avec cet homme. Et sa petite remarque arrogante de la veille aurait dû la vacciner contre cette attirance diabolique.

Mais ce n'était pas le cas, hélas.

Jusqu'à ce que Christhian lève les yeux de son ordinateur pour prendre la parole.

— Dès que mon médecin pourra faire le voyage, nous réaliserons un test de paternité.

7

Christhian avait pris soin de ne pas trop regarder dans la direction de Zia depuis qu'elle était apparue dans la pièce. Sa beauté était dangereuse, tout comme la vision envoûtante de son ventre arrondi sous son pull moelleux.

Il évita donc soigneusement de croiser son regard jusqu'à ce qu'il lui annonce ce qu'il venait de décider. Elle écarquilla les yeux et entrouvrit les lèvres sous le coup de la surprise. Puis elle prit une grande inspiration et quand elle parla à nouveau, elle n'avait plus rien de l'attitude arrogante qu'elle avait affiché en entrant dans la salle à manger, quelques instants plus tôt.

— Tu m'as amenée ici et tu ne me crois pas ? demanda-t-elle d'une petite voix et il lui trouva soudain l'air plus jeune et fragile.

Il aurait pu la laisser penser cela. Mais chaque fois que ses instincts de mercenaires voulaient prendre le dessus, il se rappelait ses parents. Et la façon dont ils étaient restés soudés, malgré les circonstances, pour s'assurer que leur fils soit en sécurité et heureux.

Les parents de Christhian *s'aimaient*. Et s'il était devenu ce qu'il était aujourd'hui, s'il avait surmonté autant d'épreuves, c'est parce qu'il avait vécu les premières années de sa vie choyé et sécurisé, il en était certain. Christhian voulait qu'il en soit de même pour ses enfants, c'est pourquoi il ne pouvait se montrer cruel envers leur mère, même pour se protéger.

— Ce n'est pas une question de croyance, fit-il plus gentiment.

Il s'agit d'anticiper les problèmes légaux qui pourraient se poser en termes d'héritages ou de titres.

Il avait en horreur toutes ces questions de royauté, car en réalité, il n'y avait jamais formellement renoncé. C'est la condition que sa tante avait imposée, en échange de sa liberté.

La plupart du temps, il considérait cela comme une victoire et cela l'irritait à présent de constater que face à Zia, cela ressemblait davantage à une concession.

— Nous allons avoir besoin d'une preuve irréfutable que nos enfants sont biologiquement les nôtres pour pouvoir avancer, précisa-t-il.

Zia souffla doucement et il dut détourner le regard pour ne pas être troublé par les émotions qui s'affichaient sur son joli visage.

— Je suppose que c'est logique, murmura-t-elle. Mais tu as bien dit que nous serions coincés ici au moins deux jours, n'est-ce pas ?

— Oui.

— Alors qu'allons-nous faire en attendant ?

Il n'y avait aucune volonté de le séduire dans sa question, aucun sous-entendu. Christhian le voyait dans la façon dont Zia fixait son assiette ou dans la froideur de son regard. Mais quand il laissa le silence s'installer, sans doute dut-elle y penser car ses joues prirent une teinte légèrement rosée et elle s'éclaircit la gorge avant de reprendre la parole.

— Ce que je me demande, c'est comment tu t'occupes dans ce château, quand tu es *seul* ?

Voyant qu'elle mettait l'accent sur le dernier mot, il ne put s'empêcher d'esquisser un sourire.

— Qu'est-ce qui te fait croire que je viens seul ici ?

En vérité, c'est exactement ce qu'il faisait. De toutes ses propriétés, cet endroit était celui qu'il considérait comme son sanctuaire personnel. Là où il se réfugiait pour être à l'abri du monde. Le hasard avait fait qu'il se trouve tout près du pays d'origine de Zia, c'est la seule raison pour laquelle il l'avait amenée là.

— Je ne doute pas qu'un défilé de femmes soit passé ici avant moi, fit-elle en soupirant.

Il savait qu'elle le provoquait mais il ne put réprimer un froncement de sourcils et le sourire qu'elle lui adressa alors avait un petit air de victoire. La joie qu'il vit briller dans ses yeux lui rappela des souvenirs scandaleux qu'il tenta aussitôt de refouler.

— Cependant, reprit-elle, à moins que tu ne caches une de tes maîtresses dans un grenier, je crois que hormis tes domestiques, nous sommes seuls ici pour les prochains jours. Alors que proposes-tu que nous fassions ? Apprendre à mieux nous connaître ?

— Nous nous connaissons déjà *bien*, Zia.

Elle leva les yeux au ciel.

— Est-il nécessaire de mentionner qu'un certain nombre d'activités sont contre-indiquées dans mon état ?

Il aurait pu ignorer ce à quoi elle faisait allusion mais il ne résista pas à la tentation de la provoquer.

— À quoi penses-tu en particulier, Zia ?

Elle soutint son regard en relevant fièrement le menton.

— Faut-il vraiment que je te le précise, Christhian ?

Il haussa les épaules en s'efforçant d'afficher un air désinvolte.

— Que veux-tu connaître à mon sujet ?

Zia posa son menton sur son poing.

— Par qui as-tu été élevé après la mort de tes parents ?

Christhian ne s'attendait pas du tout à cela. Pourtant, la jeune femme faisait simplement preuve de curiosité, il en était certain. Elle ne cherchait pas à le combattre. Alors, il décida de lui répondre le plus naturellement possible.

— J'ai été baladé de famille en famille. Les parents de mon père auraient aimé me récupérer mais ils étaient américains et leur avis pesait moins lourd en termes de titres et de droit. La famille de ma mère s'est toujours opposée à son mariage. J'étais un… problème à résoudre avant tout, mais j'étais aussi un héritier, qu'ils le veuillent ou non. Et une histoire croustillante à raconter, quand cela les arrangeait.

— Il n'est pas nécessaire d'être le résultat d'un mariage dédaigné pour être considéré comme un problème à résoudre, commenta Zia.

Christhian la considéra un instant tandis qu'elle terminait son petit déjeuner.

— Tu es une princesse, lança-t-il. Alors en quoi pourrais-tu être un problème ?

— J'étais plus intéressée par le football que par l'apprentissage du protocole. Et j'étais bien meilleure pour contourner les règles plutôt que les suivre. J'avais besoin... de liberté et d'air frais, et lorsqu'on grandit en tant que princesse, c'est un luxe rare... Ma sœur aurait été plus adaptée à tout cela, mais...

Elle s'interrompit et détourna les yeux.

— Elle est plus âgée que toi ? demanda-t-il, intrigué.

— Non. Beau est née trois minutes avant moi, mais comme nous étions jumelles, mes parents ont dû décider laquelle de nous serait l'héritière. Ils ont tenu ce privilège au-dessus de nos têtes comme un trophée mais aucune de nous n'était enthousiaste à l'idée de le gagner.

— Alors pourquoi est-ce toi qui as été choisie ?

— J'ai été jugée la plus jolie. Et la plus facile à manipuler. Ma sœur est brillante. Elle est capable de te réciter le protocole de A à Z encore mieux que notre père, mais...

Elle marqua une pause et esquissa un sourire triste.

— On ne peut manipuler Beaugonia. Elle agit exactement comme elle l'entend. Je... n'ai pas aimé ce que mes parents menaçaient de faire, alors j'ai appris à faire semblant mieux qu'elle. Et c'est ainsi qu'ils m'ont choisie.

Elle se pencha vers Christhian et son visage afficha un air grave et déterminé.

— Si je suis renvoyée à mon père, il insistera pour que nous nous mariions, reprit-elle avec calme. Puisque tu es de sang royal, nous serons nommés héritiers du trône, moi en tant que reine et toi, en tant que... quelque chose. Et on nous ordonnera de faire de même avec nos enfants. Enfin sauf si c'est un garçon et une fille. Je te laisse deviner qui sera alors désigné.

Même si Christhian n'aimait pas le portrait qu'elle lui brossait, il avait confiance dans le fait qu'en la ramenant au roi Rendall, il trouverait un moyen d'obtenir ce qu'il voudrait de cet arrangement.

Mais ce que Zia venait de dire attira aussitôt son attention.

— Tu ne connais pas le sexe des jumeaux ?

Elle s'adossa à son fauteuil et posa une main sur son ventre.

— Je voulais que ce soit une surprise.

— Le médecin nous le dira. Pour que nous puissions faire les plans appropriés.

Il vit alors briller une flamme de colère dans ses beaux yeux verts.

— Peu importe leur sexe. Ils ne deviendront pas des héritiers. Je n'emprisonnerai pas mes enfants.

— Allons, *Princesa*, n'exagérons pas. Tu ne vas tout de même pas comparer les privilèges dans lesquels tu as grandi à une *prison*.

— J'essaye d'être reconnaissante vis-à-vis de ce que j'ai, mais Christhian, as-tu idée de ce que l'on ressent en comprenant que la vie qu'on est censé mener ne nous plaira jamais ? Et que l'avenir qui se déroule devant nous ne sera rien d'autre qu'une mascarade ? Destinée à quelqu'un d'autre. Jamais à nous-même.

— Tant de personnes sont préoccupées par elles-mêmes et si peu prennent en considération leur devoir ou les conséquences de leurs actes.

Sa remarque ne sembla pas avoir l'effet escompté. Zia pencha la tête et l'examina en silence comme si elle voyait clair en lui.

— Je peux reconnaître que tu as été élevé dans un grand privilège, mais imaginer quand même que perdre tes parents et être ballotté sans amour ait pu être une épreuve douloureuse pour toi.

Sur ces mots, elle se leva et il regarda, fasciné, le ventre dans lequel ses enfants grandissaient. Les siens. Des enfants qui ne seraient pas ballottés d'un parent à l'autre et qui recevraient de l'amour.

— Je peux avoir de l'empathie pour toi, Christhian, quelles

que soient les circonstances, ajouta-t-elle d'une voix douce. Et je considère cela comme un don.

Il leva les yeux et croisa le regard vert de Zia.

— Je te remercie pour ce petit discours. Cela m'a donné une idée claire sur la façon dont nous allons procéder.

— Ah ? fit-elle en haussant un sourcil.

— Dès que nous pourrons faire venir un prêtre ici, nous nous marierons.

Zia le regarda, stupéfaite.

— Je te demande pardon ? parvint-elle à bredouiller.

— Nous allons nous marier, répéta Christhian en se levant à son tour. Il n'y a pas d'autre solution pour nos enfants. Être trimballés de toi à moi n'est pas une option et une vie sans leur mère ne serait pas plus acceptable.

— Et sans leur père ?

— Tu aurais dû mieux te cacher si c'est cela que tu souhaitais.

— Mieux que dans une minuscule île de l'arctique, enveloppée dans la nuit polaire ? répliqua Zia en lui lançant un regard furieux.

Il lui adressa alors un sourire qui fit naître une pluie d'étincelles dans tout son corps. Qu'est-ce qui n'allait pas chez elle pour qu'elle réagisse ainsi face à cet homme qui se comportait de la manière la plus ridicule qui soit ?

— Malheureusement pour toi, Zia, je t'aurais trouvée, où que tu te caches.

Ce qui aurait pu être romantique si c'était lui qui avait voulu la retrouver. Mais, non, c'était son père.

Christhian l'avait sans doute oubliée à la minute même où elle avait disparu de sa chambre d'hôtel, ce matin-là. Et ensuite, il avait dû enchaîner les liaisons sans y penser.

Ce qui était une raison suffisante pour interrompre cette folie, tout de suite.

— Je ne t'épouserai pas, Christhian.

— Je ne l'ai pas demandé. Tu l'as dit toi-même. Ton père insistera pour que nous nous mariions, si je te ramène à lui. Je suis convaincu que c'est le meilleur scénario possible.

— Quoi ? Épouser une femme que tu ne connais pas pour ne pas avoir à négocier des accords concernant la garde de tes enfants ?

Il fit mine de réfléchir à sa question avant de hausser les épaules d'un air désinvolte.

— Oui, répondit-il sobrement.

Zia secoua la tête. Elle se doutait que cet homme était capable de beaucoup de choses mais pas une seconde elle n'avait pensé qu'il en arriverait là.

— C'est ridicule, dit-elle. Tu n'as clairement pas réfléchi à la situation.

— Au contraire. Je n'ai fait que cela depuis que j'y ai été confronté, ajouta-t-il en désignant son ventre arrondi de la main. Nous devons nous marier et affronter ensemble ce qui arrivera. Nous ne sommes pas ennemis, Zia. Nous ferons ce qu'il y a de mieux pour nos enfants.

À l'entendre, cela ne ressemblait pas à un compromis. Cela signifiait plutôt qu'elle devrait suivre ses directives *sans* avoir son mot à dire. Exactement ce à quoi elle avait échappé. C'était hors de question. Ses enfants seraient élevés pour devenir des êtres forts et indépendants. Pas des victimes du pouvoir ou des caprices des autres.

— Je ne suis peut-être pas ton ennemie, Christhian, mais tu es en train de devenir le mien.

Il éclata de rire. *Elle l'amusait*. Soudain, elle eut envie de le gifler.

— Que crois-tu que ce mariage nous empêcherait d'accomplir ? lança-t-il. Si nous nous montrons l'un et l'autre raisonnables, nous pourrons prendre les décisions importantes ensemble. Nous installer où tu le voudras. Et être impliqués dans le royaume de Lille à la hauteur que tu souhaiteras. Au fond, cette solution est la réponse à *tous* tes problèmes.

— Vraiment ?

— Tu étais prête à épouser ce duc, n'est-ce pas ?

Il le faisait exprès.

— Un prince héritier ! corrigea-t-elle.

— Ah oui, bien sûr. Et tu étais follement amoureuse de lui ? Je ne le pense pas, étant donné la façon dont tu t'es offerte à moi si facilement.

Que pouvait-elle répondre à cela ? Elle n'avait rencontré Lyon Traverso qu'à deux reprises. Et il lui avait montré à peu près autant d'intérêt qu'au saumon qui était servi au dîner.

— Alors ? insista Christhian. Qu'est-ce que ça change ? C'est parce que nous n'avons pas le même rang ?

— Cela n'a rien à voir avec ça, répliqua-t-elle, furieuse.

Il la faisait passer pour une petite princesse gâtée, ignorante et matérialiste.

— Dans ce cas, cela a à voir avec quoi ? demanda-t-il d'une voix si innocente qu'elle faillit éclater d'un rire nerveux.

— J'ai le droit de prendre mes propres décisions. Je savais ce que je faisais en optant pour ce mariage arrangé.

À l'époque, c'était pour protéger sa sœur. Mais à présent, il s'agissait de ses enfants.

— Je ne sais pas dans quoi je m'embarque avec toi, Christhian. Mais je ne vais pas accepter, simplement parce que tu prétends que c'est la meilleure solution, alors que je ne suis pas d'accord.

Il plissa les lèvres et ses yeux lancèrent des flammes noires qui lui rappelèrent des souvenirs malvenus. Le problème, c'est que le corps de Zia ne semblait pas pouvoir faire la différence entre la colère et la chaleur. La fureur et le désir. Tout s'emmêlait dans son esprit et soudain, ses seins lui semblèrent lourds et sensibles.

Quand il s'approcha, elle retint souffle.

— Quoi qu'il arrive, Zia, je m'assurerai que mes enfants passent en premier. Tes caprices n'ont aucune importance.

Des caprices. Pourquoi diable avait-elle commis cette erreur avec l'homme le plus exaspérant et frustrant de cette planète.

— Mes caprices ? s'écria-t-elle en désignant de la main les murs du château qui les entourait. Et les tiens, alors ? Ils m'ont l'air beaucoup plus grands.

— *Je* pense à ce qui est le mieux pour nos enfants. *Toi*, tu ne fais que parler de toi.

Est-ce l'impression qu'elle donnait ? Soudain, elle fut prise d'un découragement immense. Ses yeux la piquèrent et elle lutta pour retenir les larmes qui menaçaient de jaillir. Elle aurait pu lui expliquer ce que c'était que d'avoir une mère qui ne cesse de s'incliner devant un père autoritaire qui contrôle tout. Zia voulait que ses enfants soient fiers d'elle. Qu'ils aient confiance en elle. Elle aurait voulu que Christhian comprenne que ses actions antérieures avaient souvent été guidées par la nécessité de protéger Beau. Car elle en avait la capacité. Tout comme elle avait la capacité de se sacrifier entièrement pour le bien de ses enfants.

Mais Christhian ne pouvait saisir cela. À ses yeux, elle ne serait toujours qu'une princesse égoïste et gâtée.

— Eh bien, Christhian, à moins que tu ne me forces à dire « Oui, je le veux », j'ai bien l'impression que nous sommes dans une impasse.

Et sur ces mots, elle tourna les talons et quitta la salle à manger, consciente que son regard empli de fureur ne la quittait pas.

8

Christhian ne resta pas longtemps énervé. Il savait comment gérer les caprices d'une princesse égoïste et puérile. Elle pouvait faire son cinéma et claquer toutes les portes de ce château si elle le voulait.

Il en sortirait vainqueur. Après le petit déjeuner, il avait passé sa matinée à organiser la venue d'un prêtre, dès que les routes seraient à nouveau praticables. Il s'était longuement entretenu avec son avocat, afin que ce dernier mette en place les formalités légales nécessaires à la désignation de ses futurs héritiers.

Ils s'occuperaient de la famille de Zia dans un second temps. Car Christhian n'avait pas encore déterminé la bonne approche à adopter avec le roi Rendall. Selon sa fille, celui-ci voudrait la même chose que lui : un mariage. Et même si l'idée de partager le souhait d'un monarque ne lui plaisait pas du tout, il devait admettre que c'était la seule option plausible pour offrir à ses enfants l'avenir qu'ils méritaient.

Zia pouvait se préoccuper autant qu'elle le voulait de *sa* liberté, de *ses* caprices et de *ses* désirs égoïstes, il ne se laisserait pas influencer. Leurs enfants grandiraient auprès de leurs deux parents, qu'elle le veuille ou non. Ils auraient ce qu'il y a de meilleur mais surtout, ils recevraient une éducation basée sur les mêmes valeurs que celles qu'il avait reçues.

Ce qui signifiait qu'il était aux commandes. Il n'était même pas obligé de convaincre Zia de suivre sa voie. Elle la suivrait simplement… sinon, elle perdrait.

Quoi ? Il ne le savait pas encore, mais il userait de tous les moyens possibles pour protéger ses enfants et leur mère, aussi égoïste que cette dernière puisse être.

Maintenant qu'il avait réglé les détails pratiques et qu'il n'avait plus qu'à attendre que la neige cesse de tomber, il appela ses grands-parents. Il opta pour un appel vidéo car il voulait voir leurs visages lorsqu'il leur apprendrait la nouvelle. Christhian leur avait montré comment répondre à ce type d'appel sur leur téléphone mais il n'était pas sûr qu'ils y parviennent. Il fut donc soulagé de voir apparaître sur son écran le visage de sa grand-mère.

— Est-ce que tu nous vois ? demanda la vieille dame en plissant les yeux.

— Très bien, mamie, répondit Christhian en souriant.

— Parfait, reprit son grand-père en apparaissant à son tour dans le champ. Alors, mon grand, que nous vaut ce coup de fil surprise ?

Christhian constata avec une pointe de tristesse que ce dernier semblait plus vieux à chaque fois qu'il le revoyait. Mais c'est un privilège auquel ses parents n'avaient pas eu droit et il s'efforçait toujours d'être reconnaissant à la vie de lui avoir permis de passer du temps avec ses grands-parents.

— J'ai une annonce à vous faire. Je vais me marier.

— Christhian ! s'écria sa grand-mère en manquant de faire tomber son téléphone sous le coup de la surprise. Nous ne savions même pas que tu fréquentais quelqu'un. Tu ne nous l'as jamais amenée.

C'était un reproche, mais il était enrobé de tant d'amour et de joie qu'il ne douta pas une seconde que la vieille dame était aux anges.

— C'est… compliqué, lança-t-il, déterminé à ne pas gâcher leur allégresse.

— Ah ! fit son grand-père avec ce ton sage qu'il avait l'habitude d'employer. Le genre de complications qui va faire de nous des arrière-grands-parents ?

Le vieil homme avait toujours été droit au but et Christhian sourit, ému malgré lui.

— Oui.

— Oh ! s'exclama sa grand-mère. J'espère que nous aurons la chance de vivre assez longtemps pour rencontrer tout ce petit monde...

— Bien sûr, promit-il. Dès que nous le pourrons.

Il s'interrompit quelques secondes, hésitant, avant de reprendre.

— Zia attend des jumeaux.

— Des jumeaux ? Robert, a-t-on des jumeaux dans la famille ?

— Ma grand-mère avait une sœur jumelle ! s'écria ce dernier d'une voix fière.

Christhian sourit.

— Zia est elle-même une jumelle.

— C'est merveilleux. Ainsi, elle saura comment les élever. Quelle chance nous avons, n'est-ce pas ? ajouta la vieille dame en se tournant vers son mari.

Christhian aurait dû être rasséréné par la joie qu'exprimaient ses grands-parents et pourtant, un sentiment étrange naquit au creux de son ventre.

— Je voulais vous prévenir car il est probable que cela avance... rapidement. Je vous tiendrai au courant, bien sûr.

Le vieux couple hocha la tête avant de se lancer un regard entendu.

— Pouvons-nous te donner un conseil, mon chéri ? demanda sa grand-mère d'une voix douce.

Car c'est ce qu'elle était. Une femme douce. Trop douce, peut-être pour les épreuves qu'elle avait traversées. La mort d'un fils. Et les attaques de la famille de sa belle-fille, alors qu'elle s'efforçait de surmonter ce drame absolu. Et pourtant, jamais elle ne s'était départie de sa bienveillance envers le monde. Ses grands-parents étaient pour Christhian un modèle. Des guides pour son avenir.

— Bien sûr.

— Tes parents s'aimaient profondément, murmura la vieille

dame et son regard se déplaça en dehors de l'écran, sans doute en direction d'une des nombreuses photos qu'elle gardait de son fils.

— Oui, je le sais.

— C'est pour cela que tu es devenu un homme si bon, malgré les épreuves que tu as traversées.

Christhian aurait aimé lui sourire mais il en fut incapable.

— Et ton père était un homme bon pour les mêmes raisons, reprit fermement son grand-père. L'amour est le fondement de tout. Si tu veux suivre un conseil de notre part, nous aimerions que ce soit celui-là. Avec l'amour, peu importent les tragédies que la vie te réserve, tu trouveras un moyen de les endurer.

Christhian savait à quoi ses grands-parents faisaient allusion. L'amour, très peu pour lui, mais ce conseil était… intéressant.

Ils poursuivirent leur discussion sur des sujets qui leur tenaient à cœur. Leur entourage, les derniers ragots du quartier, leur église ou leur café. Ces notions étaient étrangères à la vie de Christhian, mais ses grands-parents avaient toujours fait en sorte que cela ressemble à un univers familier pour lui, au cas où il aurait besoin d'y entrer. Ils lui avaient offert une porte de sortie – dès qu'il serait assez âgé pour s'extirper des manigances royales de sa famille. Cela signifiait beaucoup pour lui.

Après avoir raccroché, il resta songeur. Ils avaient fait de son père un homme bon en s'aimant. Ses parents en avaient fait de même avec lui, d'après ce que venait d'affirmer sa grand-mère.

Et s'il venait de mettre le point sur la solution à son problème ?

L'amour.

Il suffirait que Zia tombe amoureuse de lui. Alors, les choses se mettraient en place. Et tout irait bien.

Après le petit déjeuner, Zia fit une sieste réparatrice qui lui remit un peu les idées en place. À ses yeux, Christhian était toujours aussi tyrannique et ridicule mais elle se rappela qu'elle avait eu l'intelligence et la force nécessaires pour déjouer les plans de son père. Or, qu'était Christhian, sinon une version édulcorée de ce dernier ?

Elle avait juste besoin de se calmer et de réfléchir. Cette tempête de neige qui les bloquait n'était-elle pas l'occasion idéale pour le faire ?

Elle contempla son téléphone portable, songeuse. Un message à Beau l'aiderait à réfléchir aux différentes options qui s'offraient à elle. Mais c'était risqué. Sa sœur était experte pour déjouer les plans de son père et ses gardes, mais avec Christhian, ce serait une autre histoire.

Il était manifestement beaucoup plus intelligent que les autres dans la mesure où lui seul était parvenu à la retrouver. Si Zia décidait de lui échapper à son tour, elle le ferait sans impliquer Beau. Elle agirait seule et ne pourrait compter que sur elle-même.

En premier lieu, il convenait d'explorer le château et de se familiariser avec les lieux. Une bonne évasion nécessitait une connaissance parfaite de l'environnement. Ce fut donc sa première mission. Elle sortit de sa chambre, mais au lieu de prendre l'escalier comme elle le faisait d'habitude, elle s'aventura plus loin dans le couloir.

Cela ne ressemblait pas tout à fait au château dans lequel elle avait grandi. L'architecture était assez similaire mais il n'y avait aucun portrait royal accroché au mur ni objet de famille. La décoration était pour le moins sobre. En revanche, les pièces comportaient de grandes fenêtres dont certaines étaient ornées de vitraux magnifiques, et elles donnaient sur le domaine. En regardant à travers elles, on ne voyait qu'un manteau blanc qui s'étendait à l'infini. Il était facile de s'imaginer qu'ils étaient bloqués là pour toujours, comme plongés dans un conte de fées. Le problème, c'est que Zia était coincée avec le méchant. Pas avec le prince charmant.

Elle soupira. À quoi bon comparer Christhian à l'un ou l'autre ? Il était le *père* de ses enfants, voilà tout. Et elle n'en savait pas suffisamment à son sujet pour pouvoir le traiter véritablement de méchant. Au fond, il était surtout égocentrique. Il était capable de se montrer cruel, mais seulement lorsque cela servait ses objectifs qui, comme pour tous les hommes, étaient de contrôler son royaume. Elle ne savait pas bien ce que cela signifiait pour Christhian dans la mesure où il n'en avait pas. Peut-être était-ce là la clé qui lui permettrait de le raisonner.

Ce château avait-il une importance particulière à ses yeux ? Comment le savoir quand il avait déclaré être propriétaire de *plusieurs* domaines. Mais si ce lieu comptait pour lui, elle y découvrirait peut-être de quoi mieux le connaître. Alors, elle poursuivit son exploration, passant de pièce en pièce : une bibliothèque, un bureau qui semblait inutilisé, quelques chambres dans lesquelles la plupart des meubles étaient recouverts d'un drap blanc.

Au milieu du couloir, elle tomba sur une magnifique véranda et passa un long moment à profiter des plantes vertes et des rayons du soleil qui filtraient à travers la verrière, créant un contraste saisissant avec le froid glacial qui régnait dehors. Confortablement blottie dans un fauteuil moelleux, elle finit par s'extirper à contrecœur de cet endroit bienfaisant au bout d'une demi-heure pour poursuivre sa mission.

Le couloir faisait une boucle sur toute la longueur du château et elle découvrit de nouvelles salles, pour la plupart inutilisées. Mais alors qu'elle arrivait à l'endroit le plus éloigné de sa suite, elle tomba sur une série de pièces et comprit que c'étaient les appartements de Christhian.

À première vue, la décoration était aussi sobre qu'ailleurs, mais ici, les meubles n'étaient pas recouverts de draps. Zia distingua dans un petit salon, un journal plié sur une table d'appoint et une veste qu'on avait jetée sur le dossier d'une chaise. Un câble d'ordinateur était enroulé sur le coin d'un bureau. Consciente qu'elle entrait dans un endroit privé, elle hésita. Elle aurait dû faire demi-tour, mais elle en fut incapable et elle s'avança jusqu'à entrer dans une chambre immense.

Le lit était gigantesque et la pièce, bordée de grandes fenêtres. Il n'y avait pas d'œuvres d'art accrochées aux murs, mais ceux-ci étaient recouverts d'un magnifique papier peint qui rappela à Zia le bleu profond de l'aube polaire sur sa petite île. Elle ne distingua aucun objet personnel dans la pièce, jusqu'à ce qu'elle aperçoive une commode en bois, au centre de laquelle était posé le cadre d'une photo en noir et blanc. Elle se rapprocha, intriguée.

C'était le portrait de mariage d'un couple magnifique. Les défunts parents de Christhian. Ce dernier ressemblait trait pour trait à l'homme qui souriait à l'objectif, une star de cinéma si sa mémoire était bonne. La seule différence qu'elle perçut fut le regard clair de son père. Christhian avait hérité des yeux sombres de sa mère.

De quel royaume venait-elle, déjà ? Zia ferait des recherches à ce sujet dès qu'elle serait retournée dans sa chambre. Cela lui donnerait peut-être un indice permettant de mieux comprendre Christhian.

Elle grimaça. Dès l'instant où elle l'avait aperçu dans ce bar au Portugal, elle avait été incapable de saisir cet homme et l'effet qu'il produisait sur elle. Mais c'était différent, maintenant. Elle n'avait pas le choix. Elle caressa distraitement son ventre dans lequel ses bébés grandissaient, dansant en elle comme s'ils se bousculaient déjà pour avoir de l'espace. Elle leur donnerait tout l'espace qu'ils méritaient. Elle leur donnerait *tout*.

Ce qui n'était pas très différent des vœux que Christhian avait formulé à leur sujet ce matin. Peut-être y avait-il un terrain d'entente à trouver. Si tous deux souhaitaient ce qu'il y avait de mieux pour leurs jumeaux, il y avait de la place pour beaucoup de points communs.

Mais ça ne passerait pas par un mariage. Impossible.

Zia contempla le visage heureux des mariés. Leur bonheur était-il réel ou était-ce une illusion créée par la photo ?

Était-il possible d'être heureux avec une autre personne ? Ou bien ce bonheur se dégradait-il, comme cela avait été le cas avec ses parents ?

Zia ne souhaitait pas cela pour ses enfants.

Elle soupira et sortit de la pièce, puis elle descendit les escaliers avec précaution. Elle commençait à se sentir lourde lorsqu'elle restait debout trop longtemps mais elle était déterminée à poursuivre sa visite du château. Après être passée devant la salle à manger qu'elle connaissait déjà, elle entra dans une pièce dont la double porte était ouverte. C'était un salon orné de boiseries sombres et aux couleurs chaudes. Le soleil qui perçait encore à travers les nuages projetait des taches de lumières sur la moquette épaisse.

Face au feu qui crépitait dans la cheminée, Christhian était assis dans un fauteuil gigantesque, un journal étalé sur ses genoux. Zia faillit reculer mais à ce moment-là, il leva les yeux et son regard sombre rencontra le sien. Comme à chaque fois, elle fut déconcertée par la façon dont son corps réagit, comme si Christhian, d'un simple regard, avait posé ses mains sur elle.

Elle prit une grande inspiration et fit quelques pas vers lui, mais alors, elle fut surprise de le voir esquisser un sourire *chaleureux*.

— Entre, fit-il. Et assieds-toi. As-tu faim ? ajouta-t-il en désignant de la main une table basse couverte de mets appétissants.

Elle n'aurait pas dû rester mais elle était de nouveau affamée et il faisait si bon dans cette pièce accueillante.

Sans un mot, elle s'approcha et prit place dans le grand fauteuil vide qui se trouvait à côté de lui avant de se pencher vers la table.

Il y avait des plateaux de fruits, de fromages et de petites pâtisseries, le tout disposé avec art, ainsi que trois pichets contenant de l'eau et différents jus de fruits frais. Il ne fallait pas qu'elle s'habitue à ce luxe, car si elle s'en sortait comme elle le souhaitait, elle retournerait sans doute à un confort rudimentaire. Une petite cabane comme celle dans laquelle elle vivait sur l'île. Juste elle.

Et ses bébés.

Zia jeta un coup d'œil à Christhian qui la regardait tandis qu'elle se préparait une assiette. Existait-il sur terre un endroit où il ne pourrait pas la trouver ? Elle avait le sombre pressentiment que la réponse à cette question était non.

Alors, il va falloir que tu le lui fasses comprendre, Zia…

La tâche semblait insurmontable mais quand il s'agissait de ses enfants, rien n'était impossible. Elle se donnerait du mal mais elle y arriverait.

Mais d'abord, il fallait qu'elle se nourrisse. Elle se recroquevilla dans son grand fauteuil et commença à manger avec appétit.

— Ton cuisinier est exceptionnel, murmura-t-elle entre deux bouchées de gâteau.

— Oui. Comme toutes les personnes dont je m'entoure.

Elle n'aurait pas dû trouver sa remarque charmante et elle réprima à grand-peine un sourire. Il était d'une telle arrogance.

— As-tu apprécié ta visite du château ? poursuivit-il d'une voix parfaitement neutre.

Zia se figea, le cœur battant. L'avait-il vue fouiner dans ses appartements ? Quelque chose dans son regard lui dit que c'était bien possible, mais il fit mine de ne pas s'en préoccuper.

— C'était très instructif, déclara-t-elle. Je me suis demandé si tu avais une aversion pour les œuvres d'art en général ou si ce n'est tout simplement pas un endroit où tu passes beaucoup de temps.

Christhian sembla réfléchir à sa question en balayant du regard la pièce où ils se trouvaient et qui, pour être honnête, comportait quelques tableaux accrochés aux murs, ainsi que des livres. Mais là encore, rien de personnel susceptible de donner une âme à ce lieu.

— Le cottage a été vidé avant que je n'en prenne possession, finit-il par répondre avant de baisser les yeux vers son journal.

— Vidé ? répéta Zia, ne voyant pas bien où il voulait en venir.

— J'ai beau être de sang royal comme tu aimes le souligner, personne dans ma famille ne se soucie véritablement de moi. Ils préfèrent m'utiliser pour se donner l'impression d'être puissants. Alors tout en insistant pour que je conserve mon titre ainsi que ce domaine qui était à ma mère, ma tante s'est assurée que l'intégralité de ce que contenait le château soit récupérée par la couronne.

Il avait expliqué cela sans que la moindre amertume ne perce dans son ton calme. Comme un simple fait dont il ne se soucierait pas. Pourtant, cela aurait dû être pénible. Pas l'aspect matériel en soi mais le fait que sa famille le considère comme un étranger.

Zia se moquait de ses titres et de son héritage royal mais elle aurait été dévastée d'être rejetée ainsi par ses proches.

Cela ne réveillait vraiment aucune émotion chez Christhian ou bien avait-il appris à guérir ses blessures avec le temps ? Elle cligna des yeux, consciente que ses pensées l'amenaient vers un terrain dangereux. Elle devait garder la tête froide si elle tenait à sa liberté.

Mais toute sa volonté fondit comme neige au soleil lorsqu'il baissa son journal et croisa son regard avec un sourire charmeur. La lueur du feu donnait à sa peau un aspect cuivré. Zia faillit tendre le bras pour lui caresser la joue.

— Ta cabane n'était pas vraiment meublée non plus, fit-il remarquer.

— Il n'y avait pas beaucoup de magasins sur l'île. Si j'avais eu accès à des boutiques de décoration, je l'aurais sûrement embellie. Mais je devais rester cachée et protéger ces deux-là, acheva-t-elle en posant une main sur son ventre.

— Qu'est-ce qui t'a poussée à choisir ce lieu ?

Elle plissa les yeux. Que tirerait-il de cette information ?

Mais en voyant le regard attendri qu'il posait sur son ventre, elle comprit que Christhian pensait à leurs enfants. Et elle se força à réprimer son élan de méfiance.

— J'ai vu une vidéo sur cette île. J'ai aimé l'idée de la nuit polaire et la perspective de pouvoir me cacher dans l'obscurité pendant plusieurs mois.

— L'absence de lumière n'était pas... déprimante ?

Elle sourit.

— Non. C'était confortable. J'aime bien être seule. Et décider chaque jour de quoi sera fait l'avenir.

L'expression du visage de Christhian s'assombrit mais il se garda de toute remarque désagréable et reporta seulement son attention sur son journal. Lisait-il vraiment ou faisait-il semblant ?

— J'ignore quel est ton objectif mais ne crois pas que ces délicieux gâteaux suffiront à me faire changer d'avis et accepter ta proposition, lança-t-elle en fronçant les sourcils.

Christhian reposa lentement son journal avant de se tourner vers elle.

— Je ne cherche pas à te faire changer d'avis. Le mariage aura lieu, quoi qu'il arrive.

Elle faillit pousser un cri de colère mais elle se retint. Elle devait prendre exemple sur lui et n'offrir rien d'autre qu'un calme inébranlable.

— Pourquoi es-tu à ce point convaincu que le mariage est la meilleure solution ? demanda-t-elle en se penchant vers lui. De toute évidence, tu n'as jamais vu à quel point deux personnes peuvent se rendre malheureuses au détriment de leurs enfants.

— C'est vrai. Mais cela ne nous arrivera pas.

Zia aurait aimé le croire. Mais le modèle de ses parents avait été trop douloureux à observer.

— Ce n'est pas parce que nous ne nous aimons pas que nous avons de la rancœur l'un envers l'autre, expliqua-t-elle, résolue à se faire comprendre. Je veux tout faire pour éviter d'être en conflit avec toi. Jamais je n'ai eu l'intention de te cacher nos enfants. Et si nous arrivons à trouver une solution pour que je ne sois pas démasquée, je serai heureuse de partager la garde avec toi de manière équitable.

— Tu ne m'as pas bien compris, répliqua Christhian, toujours aussi calme. Nous ne nous aimons peut-être pas maintenant mais ça ne signifie pas que cela n'arrivera pas.

Zia éclata de rire sans réfléchir. Mais il resta de marbre, comme s'il pensait réellement ce qu'il venait de dire.

Il se contenta de rester assis et de lui adresser un regard placide.

Il avait clairement perdu la tête.

Ou alors, c'était elle.

9

Le choc qui s'afficha sur le visage de Zia fut tel que Christhian faillit éclater de rire. Mais il était essentiel que la jeune femme le pense ouvert à la possibilité de l'amour.

— Christhian, finit-elle par bredouiller. Tu ne parles pas sérieusement ?

Sa voix était plus effrayée que réprobatrice. *Intéressant*.

— Mon avis, c'est que sans nous connaître, nous avons partagé une alchimie hors du commun. D'où les enfants.

Elle fronça le nez en acquiesçant.

— Nous avons mal débuté cette relation mais je te propose de tout reprendre de zéro, poursuivit-il.

— Vraiment ? Tu crois que c'est possible ? demanda-t-elle d'un ton ironique.

— J'ai cru comprendre que pour tomber amoureux, les gens doivent apprendre à se connaître. Je pense que nous devrions essayer de nous... ouvrir l'un à l'autre.

Elle cligna des yeux une fois, comme pour s'efforcer d'effacer son expression consternée, mais cela ne fonctionna pas. Christhian réprima à grand-peine un sourire.

— Mes parents s'aimaient profondément, déclara-t-il. Les parents de mon père également.

— J'imagine qu'ils ne se sont pas rencontrés dans un bar avant de vivre une aventure d'un soir qui s'est soldée par des jumeaux...

— Peut-être pas, mais mes parents se sont rencontrés à une

soirée et à partir de cet instant, ils sont devenus inséparables. L'histoire de mes grands-parents est encore plus scandaleuse. Ma grand-mère sortait avec le meilleur ami de mon grand-père. Ils se sont croisés à une cérémonie religieuse et elle a tout de suite abandonné son petit ami pour lui, acheva-t-il en secouant la tête.

— Tu les aimes beaucoup, murmura-t-elle.

— Ce sont de bonnes personnes. Ils ne se sont jamais souciés des questions de titres ou de fortune. Ils vivent simplement et râlent quand j'essaie de les aider. Mes grands-parents aiment les autres pour ce qu'ils sont. Pas pour ce qu'ils peuvent leur apporter.

Zia soupira et s'enfonça plus confortablement dans son fauteuil. Elle étudia un fruit avant de le repousser dans un coin de son assiette.

— J'aime ma sœur, déclara-t-elle. Je l'ai mise dans une situation impossible avec mon histoire et...

Elle s'interrompit en secouant la tête. De toute évidence, cette question la préoccupait profondément.

Mais manifestement, elle avait fait passer ses besoins avant ceux de sa jumelle. Comme une princesse égoïste.

Il refoula une pointe de dédain à cette pensée. Le dédain ne faisait pas naître le sentiment amoureux. Ni la confiance et il voyait bien que Zia était toujours méfiante à son égard. Comment lutter contre cela ? Il était frustré de comprendre que cela prendrait du temps.

— Tu dis que tes parents s'aimaient, reprit-elle en tirant sur le bord de son pull. Mais tu étais très jeune lorsqu'ils sont morts, ajouta-t-elle en se mordillant la lèvre inférieure. Alors, comment peux-tu en être sûr ?

Il y avait une lueur de vulnérabilité dans ses yeux. Soudain, il ressentit un étrange besoin de protéger cette fragilité qui se cachait sous la détermination de la jeune femme.

Et aussi son égoïsme, se rappela-t-il. Parce que c'était ce qui posait le plus de problèmes à ses yeux. Allait-il répondre à sa question ? Il ne parlait pas souvent de ses parents avec qui que ce soit, hormis ses grands-parents. Le plus souvent il refusait d'aborder le sujet avec la famille de sa mère, les journalistes ou les personnes qui les avaient connus.

Zia n'entrait dans aucune de ces catégories.

— À mesure que je grandissais, on m'a souvent répété à quel point ils s'aimaient. De manière positive quand cela venait de la famille de mon père, et négative, quand c'était celle de ma mère. Mais je crois aussi que les enfants captent beaucoup de sentiments et même si je n'avais pas alors la maturité pour le comprendre, j'ai assisté à des comportements qui, avec le recul, ne pouvaient être que de l'amour.

— Comme quoi ? insista Zia, l'air intrigué.

— Je me souviens que mon père refusait des rôles lorsque ceux-ci ne s'accordaient pas à l'emploi du temps des obligations royales de ma mère. Il riait toujours quand les films qu'il avait refusés étaient un succès. Jamais il ne semblait lui en tenir rigueur. Il est évident que pour mon père, sa famille était la priorité. Finalement, sa carrière était presque… secondaire.

Christhian fronça les sourcils car ce qu'il évoquait faisait remonter des souvenirs oubliés depuis longtemps. Son père avait placé sa femme et son fils au centre de son univers. Il n'en avait pas eu conscience quand il était enfant, mais maintenant qu'il était un adulte, avec des responsabilités et la perspective de devenir père prochainement… cela lui semblait évident.

Il évita le regard de Zia. Il ne fallait pas qu'elle perçoive son trouble.

— Pour ma mère, mon père et moi étions tout. Le reste n'était qu'une distraction. Elle se débattait avec les responsabilités royales que sa famille lui imposait, mais elle m'a clairement fait comprendre que passer du temps avec mon père était son objectif dans la vie.

Christhian s'assurerait de la même manière de consacrer du temps à Zia. Et à leurs futurs enfants. Elle prendrait cela comme un signe d'amour et il en sortirait vainqueur.

— Je sais que mon père n'aime pas ma mère, déclara doucement Zia. Je doute fortement qu'il l'ait jamais aimée. Pour lui, elle n'était qu'un moyen d'arriver à ses fins. Ses parents sont morts lorsqu'il était très jeune et il a dû prendre une épouse dotée d'une bonne ascendance pour assurer son pouvoir.

— C'est souvent le cas dans les familles royales.

— Oui, acquiesça Zia en soupirant. Pourtant, j'ai parfois le sentiment que ma mère doit l'aimer pour se comporter comme elle le fait. Je n'arrive pas à comprendre pourquoi mon père ne l'aime pas, alors qu'elle est tout ce qu'il lui demande d'être.

— Comment se comporte-t-elle ?

— Je pense qu'elle a peur. Souvent, elle exprime son accord avec ma sœur et moi. Elle agit comme si elle allait nous soutenir face à l'opposition de mon père et de ses conseillers puis, le moment venu, elle... y renonce. Et elle se recroqueville.

Christhian resta songeur quelques instants. Lui-même connaissait bien ce genre de peur que Zia évoquait. À la mort de ses parents, la famille de sa mère avait tout fait pour la lui inculquer. Aucune stabilité. Pas le moindre soutien. Soudain, une vieille colère se mit à bouillonner en lui.

Il n'y aurait pas cette peur-là dans la vie de ses enfants.

— Crains-tu ton père ? demanda-t-il à Zia.

Elle réfléchit, comme si sa question nécessitait de la considération.

— Je n'ai jamais eu peur de lui, non, affirma-t-elle, car nous ne nous intéressions pas aux mêmes sujets. Mais avec cette grossesse, je m'inquiète du pouvoir qu'il pourrait exercer sur moi. Il considérera ces enfants comme les siens en quelque sorte. Ses héritiers.

Des héritiers. Christhian en était arrivé à haïr ce mot au cours de son existence...

— Quoi qu'il en soit, poursuivit-elle d'un ton ferme, la famille de mon père n'est jamais passée avant son pays. Je suppose que c'est le lot des rois et que je ne devrais pas lui en tenir rigueur.

Elle secoua la tête, comme pour chasser cette pensée désagréable.

— Pourquoi avons-nous cette discussion, déjà ?

— Pour apprendre à nous connaître.

Elle l'étudia en silence quelques secondes.

— Parce que tout à coup, tu t'es dit que nous pourrions tomber amoureux et faire fonctionner un mariage et une famille ?

— J'ai simplement compris que ce serait dommage de ne pas être ouvert à cette possibilité, Zia.

Elle ne répondit pas, ce qu'il prit pour une victoire et il se contenta de la fixer avec un regard pensif. Peut-être était-ce le moment de clore cette discussion.

— J'ai plusieurs réunions téléphoniques ce matin mais je te propose que nous nous retrouvions cet après-midi pour prendre le thé, fit-il en se levant.

— Je dois consulter mon agenda mais ça devrait être possible.

— J'adore ton enthousiasme, *Princesa*.

Zia esquissa un sourire un peu gêné.

— Il faut que tu m'aides à m'extirper de ce fauteuil sinon, je vais passer la journée à me gaver de gâteaux sans bouger.

Il lui tendit le bras et l'aida à se relever, mais il ne lâcha pas sa main et la porta à sa bouche pour *l'effleurer* d'un baiser, se délectant de la légère rougeur qui monta aussitôt à ses joues.

Et quand le souvenir brûlant de son corps enflammé qu'il avait possédé toute une nuit s'imposa à son esprit, il ne le chassa pas. Cela faisait partie de son plan pour la séduire.

Voilà tout.

Durant les quelques heures qui suivirent, Zia retourna dans la véranda qui lui avait tant plu. Mais elle ne put s'empêcher de s'interroger au sujet de cette étrange matinée.

L'amour était-il vraiment une idée si folle, quand son cœur s'emballait dès que Christhian posait ses yeux sombres sur elle ou que ses lèvres touchaient sa *main* ?

L'amour. Zia ignorait totalement en quoi il consistait. Bien sûr, elle aimait sa sœur. Et ses futurs enfants. Mais c'était une émotion élémentaire. Immédiate et évidente, comme une part d'elle-même.

Rien chez Christhian ne semblait aussi simple et évident. Les sentiments qu'elle éprouvait à son égard étaient désordonnés et confus, avant même qu'elle n'apprenne sa grossesse.

Parce que jamais personne ne lui avait fait ressentir cela, et lorsqu'elle avait quitté sa chambre au petit matin après cette nuit-là, elle s'était dit que cela ne lui arriverait plus.

Et maintenant, avec la perspective de milliers de nuits à venir, tout s'emmêlait dans l'esprit de Zia.

Même les histoires qu'il avait racontées au sujet des liens que se portaient ses parents et ses grands-parents lui avaient donné l'impression que l'amour était une évidence immédiate. Elle avait ressenti un désir fou pour Christhian dès l'instant où elle l'avait vu et tout ce qu'elle apprenait de lui la passionnait, mais étaient-ce là les ingrédients de l'amour ?

On lui apporta un déjeuner et Zia se régala de mets délicieux, entourée de plantes magnifiques. Elle lut, puis somnola quelques instants. Elle se risqua même à envoyer un texto à sa sœur. Toujours pour s'assurer que Beau allait bien. Pas pour lui demander de l'aide… pour l'instant.

Ils étaient coincés là pour quelques jours, alors pourquoi ne pas suivre les conseils de Christhian et apprendre à mieux le connaître ? Le concept de l'amour lui semblait si étranger… comment pourrait-il être une réponse à leurs problèmes ?

Elle poussa un soupir, frustrée de constater que son esprit tournait en boucle sans lui apporter de réponse fiable. Car elle en arrivait toujours à la conclusion selon laquelle dans toute relation, une des deux personnes en sort inévitablement victorieuse.

Même dans son quotidien avec Beau qu'elle aimait pourtant de tout son cœur, il y avait sans cesse une compétition avec une gagnante et une perdante. Zia s'efforçait toujours de faire en sorte que sa jumelle gagne.

Et maintenant que tu l'as abandonnée, à qui revient la victoire ?

Elle secoua la tête face à son impuissance. Elle ne pouvait pas aider sa sœur, quelles que soient les difficultés auxquelles elle était confrontée au palais alors, elle croisait les doigts pour que cela se passe aussi bien que Beau l'affirmait.

En revanche, Zia pouvait trouver un moyen de gérer la situation dans laquelle elle se trouvait. Elle n'avait pas le choix. C'était sa responsabilité à présent.

Elle mit un temps fou à sortir de son fauteuil et se mettre debout. Parfois, elle se disait vraiment qu'elle avait hâte d'accoucher. Puis, elle songeait à la procédure elle-même et cette pensée la quittait aussitôt.

Zia descendit le grand escalier mais elle tomba sur Christhian avant d'atteindre le rez-de-chaussée. Il se tenait sur un des paliers et contemplait la vue à travers une fenêtre haute et étroite. Dehors, on ne distinguait plus les arbres ni la campagne qui entouraient le château. Seulement du blanc.

La tempête de neige avait repris de plus belle.

Il lui lança un coup d'œil par-dessus son épaule.

— J'étais sur le point de venir te chercher, dit-il avant d'incliner la tête en direction de la fenêtre. J'ai peur que nous soyons coincés ici encore quelque temps.

Zia posa une main sur son ventre en essayant de ne pas s'inquiéter.

— J'avais rendez-vous avec mon obstétricien dans trois jours, murmura-t-elle.

— Mon médecin est en route. Elle sera peut-être retardée d'un jour ou deux à cause de la météo mais elle devrait pouvoir t'ausculter dans les temps.

Christhian se tourna vers Zia qui se tenait quelques marches au-dessus de lui pour l'examiner attentivement.

— Y a-t-il des difficultés particulières à prendre en compte ?

Elle secoua la tête.

— Non. Jusqu'à présent, tout se passe bien. Les grossesses gémellaires nécessitent davantage de surveillance mais je n'ai aucun facteur de risque.

— Au fait, je ne t'ai pas demandé. Quel est le terme ?

— Mon médecin espérait que j'arriverais à trente-six semaines. J'en suis presque à trente-quatre. Un terme complet nécessiterait six semaines de plus mais il est probable que j'accouche avant un mois.

Christhian hocha la tête avant de lui offrir son bras.

— Le thé est servi dans la salle à manger, annonça-t-il.

Zia hésita. Peu importe ce qu'elle ressentait pour lui, elle savait que tout contact physique, aussi anodin soit-il, pouvait lui faire perdre son contrôle. Elle avait le sentiment qu'ils produisaient des étincelles dès qu'ils se touchaient.

Mais en voyant le regard de défi qu'il lui lançait comme s'il avait deviné sa réticence, elle redressa les épaules et descendit les quelques marches qui les séparaient pour glisser son bras autour du sien. Comme prévu, un courant d'électricité délicieux parcourut tout son corps à l'instant où elle sentit sa chaleur et son parfum épicé. Ce même parfum qui avait hanté ses rêves, ces derniers mois. Celui d'une eau de Cologne, mêlée à *son* odeur naturelle.

— Parle-moi de ta sœur, proposa Christhian tandis qu'ils descendaient lentement l'escalier.

— Pourquoi ? répliqua Zia sur la défensive.

Christhian haussa les épaules.

— Simple curiosité. Je suis fils unique et nous sommes sur le point d'avoir des jumeaux. Comment est-ce ?

— Difficile de le dire dans la mesure où je n'ai connu que cela. D'un côté, c'est un cadeau merveilleux d'avoir toujours Beaugonia à mes côtés...

— Et de l'autre ?

— Quand on est jumeau, on subit une comparaison permanente. Qui grandit le plus vite ? Qui est la plus vive l'esprit ? La plus jolie ? La plus rebelle ?

— Pourtant, tu parles d'elle comme si vous n'étiez pas en compétition.

Zia secoua la tête alors qu'ils entraient dans la salle à manger et elle fut ravie de découvrir une table recouverte de plateaux garnis de petits sandwichs, de gâteaux et de fruits. Un régal en perspective.

— Ce sont les autres qui nous comparent. Nos parents, la cour, les médias. Je ne me suis jamais sentie en concurrence avec Beau.

— Et elle ?

Zia réfléchit à sa question tandis qu'il l'aidait à prendre place dans un fauteuil.

— Je ne crois pas, répondit-elle. Beau a toujours été… unique. Elle est plus introvertie que moi. Le monde extérieur n'entre pas en compte dans ses prises de décisions. Elle n'a jamais exprimé la moindre rivalité envers moi mais cela n'empêche pas les autres de nous juger sans arrêt l'une par rapport à l'autre.

— Et donc, tu as été nommée héritière parce qu'on t'a jugée mieux qu'elle ?

— Non, corrigea Zia. Parce qu'on pouvait me dire quoi faire.

Elle ne s'était rendu compte qu'au bout de quelques années que c'était sa capacité à être manipulée qui l'avait propulsée au rang d'héritière au profit de sa sœur. Mais ce n'était plus le cas. Même si elle ne voulait pas confier à Christhian toutes les facettes de sa personnalité, il devait comprendre qu'elle ne se laissait plus avoir comme quand elle était plus jeune. Ou alors seulement s'il fallait protéger Beau.

— Je devais avoir douze ans lorsqu'on m'a informée de la trajectoire qu'allait prendre ma vie, poursuivit-elle. J'épouserais un prince choisi par mon père avec lequel j'aurais de nombreux enfants. Dans la mesure où je serais reine par intérim dans le royaume de mon époux, l'un de mes enfants serait proclamé héritier de la couronne de Lille. C'est ainsi que l'année dernière, on m'a annoncé quel prince héritier avait été choisi. Mes parents ont exercé leur pression habituelle et j'ai cédé.

— Tu évoques une obéissance que je n'ai pas encore vue. Les deux fois où nous nous sommes rencontrés, tu avais fui.

Elle secoua la tête.

— Au Portugal, je ne fuyais pas. Je m'étais accordé une semaine de… liberté. Je voulais connaître la sensation de prendre soi-même ses décisions, de mener sa propre vie. Je pensais bêtement que cela m'aiderait à accepter mon sort. Et ma naïveté s'est doublée d'une erreur que j'ai commise avec toi. Mais mon père avait été clair :

si je ne remplissais pas mon devoir, Beau en pâtirait. J'étais donc résolue à revenir.

Elle versa le thé tandis qu'il garnissait leurs assiettes et elle refoula un sentiment de familiarité troublant. Ce n'était qu'une illusion temporaire, due au fait qu'ils étaient coincés ici.

— D'après ce que tu décris, ta sœur semble être une femme adulte capable de se débrouiller seule, lança-t-il. Pourquoi aurais-tu besoin de la protéger ?

— D'une certaine manière, elle l'est, répondit Zia sans en dire davantage.

Elle ne voulait pas évoquer les faiblesses de Beau, ses crises de panique irrépressibles.

Ils burent leur thé en silence. Lorsque Christhian reprit enfin la parole, Zia fut soulagée de constater qu'il avait changé de sujet.

— Et qu'as-tu fait au cours de cette semaine de liberté ? Hormis notre rencontre, bien sûr.

Elle rit malgré elle. Peut-être se confiait-elle trop. Mais pourquoi ne pas le laisser tomber amoureux d'elle ? Tant que cela ne lui arrivait pas *à elle*, elle gardait le contrôle de la situation, n'est-ce pas ?

— J'ai fait du shopping, répondit Zia en souriant à l'évocation de ces jours heureux. Je suis allée à un concert de fado et je me suis abandonnée à cette musique que j'aime tant. Je me suis promenée dans la ville toute seule, le jour et la nuit. J'ai même trouvé un petit club d'athlétisme et j'ai pu participer à un match de football. Personne ne m'a traitée différemment des autres. J'avais le sentiment de respirer pour la première fois.

Il la regarda longuement sans rien dire avec sur le visage une expression indéfinissable.

— Tu t'attendais à autre chose ? demanda-t-elle.

Christhian secoua la tête et détourna le regard.

— Je ne sais pas à quoi je m'attendais.

Mais dans ses yeux, elle vit passer la même lueur que lorsqu'il évoquait sa famille. Et sa mère, qui était une princesse. Comme elle.

— Ta mère a-t-elle déjà essayé d'échapper à sa vie royale ? demanda-t-elle, prise d'une intuition.

Le visage de Christhian se tendit.

— J'aimerais bien rencontrer ta sœur, déclara-t-il sans répondre à sa question. Peut-être arriverons-nous à la faire venir ici pour le mariage.

Cherchait-il à la provoquer ou bien était-il tellement habitué à ne pas tenir compte de l'avis des autres qu'il évoquait en toute insouciance cette union à laquelle elle n'avait pas consenti ?

— Je n'ai pas accepté de t'épouser, Christhian, répliqua-t-elle très sérieusement.

Il la fixa avant de lui sourire et alors qu'elle n'aurait *pas* dû réagir, une vague de désir la traversa et les souvenirs de leur nuit torride s'imposèrent aussitôt à son esprit.

— Ah oui, c'est vrai, fit-il de sa voix basse et sensuelle. Désolé, *Princesa*. Je te ressers du thé ?

10

Christhian avait le sentiment de faire des progrès. Zia ne se montrait pas avare en confidences au sujet de sa famille, de l'éducation qu'elle avait reçue ou ce qu'elle voulait pour ses enfants.

C'était une femme fascinante. Elle avait de multiples centres d'intérêt qu'elle évoquait avec enthousiasme. Mais lorsqu'il l'interrogeait sur sa famille, Zia avait une attitude ambivalente qui l'intriguait. Obéissante mais animée par un besoin intense d'être elle-même. Facilement manipulée par un père autoritaire et pourtant, ni ignorante, ni stupide. De ce qu'il en comprenait, elle cherchait avant tout à protéger sa sœur.

Et s'il trouvait parfois dans les révélations de la jeune femme des similitudes troublantes avec la vision qu'il avait lui-même de la royauté, eh bien... il essayait de ne pas trop y penser. Cela ne signifiait rien. Pas quand il avait une situation aussi complexe à résoudre.

Il n'arrivait pas à comprendre comment Zia pouvait parler de sa sœur de manière si protectrice et l'avoir pourtant abandonnée pour gérer ses propres problèmes. Elle semblait être par moments une princesse égoïste et gâtée qui faisait exactement ce qu'elle voulait et par d'autres, entièrement le contraire. Et plus il creusait ces facettes apparemment opposées de sa personnalité, plus la jeune femme occupait ses pensées, même quand il n'était pas avec elle.

Toute cette histoire aurait été plus simple à gérer s'il n'y avait pas eu cette alchimie explosive entre eux. Christhian savait que Zia était toujours attirée par lui. Elle était incapable de dissimuler le désir qu'il lui inspirait. Le problème, c'est qu'il luttait aussi de son côté. Elle hantait ses rêves comme elle le faisait déjà avant qu'il n'apprenne qu'elle était enceinte de lui. Comme si ce tournant majeur n'avait rien changé.

Pourtant, cela *aurait dû* être différent.

Mais Christhian tenait bon. Il continuait à discuter avec elle, à partager ses repas. Il s'efforçait de la charmer et espérait y parvenir peu à peu, car elle ne lui lançait presque plus de regards méfiants. Il aurait aimé rester seul avec elle encore quelques jours mais il sentait que Zia était inquiète à l'idée de ne pas voir de docteur et il avait tout mis en œuvre pour qu'une spécialiste soit bientôt là. Même s'il restait convaincu que leur mariage devrait avoir lieu avant l'accouchement, la santé de Zia et de ses bébés étaient une priorité absolue.

La médecin arriva lors d'un après-midi enneigé. C'était une femme d'âge moyen, dotée d'un caractère pragmatique que Christhian appréciait. Cette spécialiste de renom, qui avait soigné de nombreux membres de familles royales, était connue pour respecter une confidentialité absolue.

Christhian n'avait pas encore contacté le roi Rendall.

Il le ferait dès que la voie à suivre serait claire à ses yeux. Ce répit qu'il s'accordait n'était en aucun cas une *fuite*, mais la préparation d'un plan de bataille. Exactement comme autrefois, alors qu'il n'était qu'un jeune homme qui cherchait à couper les ponts avec la famille de sa mère.

— Je peux l'examiner, lui expliqua l'obstétricienne tandis qu'ils montaient les escaliers menant à la chambre de Zia. Mais pour réaliser un test de paternité, il faut avoir accès à un laboratoire d'analyses et nous devrons attendre que les routes soient déblayées.

Christhian hocha la tête. Il était sincère lorsqu'il avait annoncé à Zia qu'il n'avait pas d'inquiétude au sujet de sa paternité, mais qu'il aurait besoin d'une preuve légale pour protéger efficacement ses enfants.

Ils frappèrent à la porte de sa chambre et Zia vint elle-même leur ouvrir. Christhian fit les présentations et après une brève conversation, le docteur se mit au travail.

Elle discuta gaiement avec Zia tout en l'installant confortablement sur son lit, calée entre des oreillers. Elle l'examina, prit les constantes puis leur expliqua que son petit appareil d'échographie portatif posé sur la table de nuit à côté d'eux transmettrait les images de l'examen en direct.

Christhian était quelque peu dubitatif vis-à-vis de cette technologie restreinte mais il oublia toute réserve dès que l'image apparut à l'écran. Des formes grises et blanches surgirent sur un fond noir à mesure que la médecin faisait glisser sa sonde sur le ventre arrondi de Zia. Elle murmurait de temps à autre des mots indistincts qu'il renonça à comprendre dès qu'elle expliqua que l'étrange battement qui résonnait dans la pièce comme un galop de cheval était en fait un battement de cœur. Puis un autre.

Le cœur de ses enfants. Qui faisait écho en lui, déclenchant une avalanche d'émotions nouvelles.

Finalement, le docteur débrancha sa machine et indiqua à Zia qu'elle pouvait se mettre à l'aise. Puis elle pressa quelques touches sur son ordinateur portable et fit apparaître l'une des images de l'examen.

— C'est Bébé A, expliqua-t-elle avant de décrire la tête, un bras, puis un genou.

Elle fit de même avec Bébé B. Elle offrit ensuite quelques explications sur les rythmes cardiaques et les schémas de croissance mais Christhian écoutait à peine, fasciné par les images concrètes de ses enfants qu'ils voyaient apparaître. Avant cet instant, il avait bien sûr vu la preuve de leur existence en regardant le ventre arrondi de Zia, mais là, c'était tout à fait différent. Des cœurs qui battaient, des petits bras et des jambes en mouvement. La vie. Une vie qu'il avait contribué à créer. Et cette prise de conscience le submergea avec une intensité qu'il n'avait pas tout à fait anticipée.

— Vous avez beaucoup de chance, madame, annonça la médecin à Zia. Tout se passe bien et je ne vois aucun risque de prématurité.

À ce rythme, vous devriez tenir jusqu'à trente-six semaines, voire au-delà. Nous devrons garder un œil sur tout cela mais jusqu'à présent, la grossesse se déroule parfaitement bien.

Mais Zia ne la regardait pas et lui non plus, alors elle enchaîna.

— Voudriez-vous connaître le sexe de vos bébés ?

Aucun des deux ne lui répondit ni ne tourna son attention vers elle. Christhian ne pouvait détacher son regard des yeux de Zia emplis de larmes. Il lui semblait que tout brillait en elle d'une manière qui lui avait échappé jusque-là. Il était en proie à un bouleversement qu'il n'avait jamais connu. Comme si une puissance nouvelle lui avait arraché son contrôle et sa force.

La spécialiste s'éclaircit la gorge avant de se lever.

— Je vous laisse un moment en privé, fit-elle en souriant. Quand vous serez prêts, nous pourrons discuter de la suite.

Christhian n'eut pas conscience de la voir quitter la pièce, et d'ailleurs, il restait plongé dans les yeux verts de Zia. Les larmes coulaient à présent sur le visage de la jeune femme, parsemant ses joues de petits bijoux étincelants.

Il tendit une main pour les essuyer.

— Que se passe-t-il ? murmura-t-il tandis qu'un pincement douloureux lui enserrait la poitrine.

Zia renifla en secouant la tête.

— Je pleure à chaque fois que j'entends les battements de leur cœur. Ce n'est pas de la tristesse. C'est juste... tellement incroyable. Je ne sais comment l'expliquer. Ils sont sur le point d'exister dans ce monde et je...

Elle s'interrompit et fit un geste vague mais il avait parfaitement compris ce qu'elle ressentait. Cet écrasement. La réalité qui était la leur était... trop grande. Des enfants, qui allaient venir au monde, tôt ou tard. Chacun deviendrait un être qui mènerait sa vie et tracerait son propre chemin dans l'existence.

Christhian prit la main de Zia et s'assit sur le lit à côté d'elle en s'efforçant de retrouver l'ancrage qui l'avait maintenu autrefois attaché à terre.

— Oh ! s'exclama Zia avant d'esquisser un sourire.

Elle serra la main de Christhian et la posa doucement sur son ventre.

— Tu sens ? demanda-t-elle.

Mais il ignorait ce qu'il était censé sentir et cette vérité le laissa sans voix. Car en général, il savait tout.

Le sourire de Zia s'effaça et les larmes coulèrent de nouveau sur ses joues, mais avant qu'il ne puisse dire quoi que ce soit, elle pressa plus fort sa paume contre son ventre et alors, il sentit… quelque chose *onduler* sous sa main.

Soudain, il eut le sentiment que l'ancrage qu'il avait perdu se trouvait là. Cet enfant qui bougeait dans le ventre de sa mère symbolisait pour Christhian la nouvelle version de sa vie. Une raison différente d'exister avec, pour objectif, le futur et non plus le passé.

Et tout cela était centré sur Zia. Pas seulement parce qu'elle portait ces bébés, mais parce qu'elle était… il ne savait pas bien quoi exactement, mais en cet instant, il ne voulait pas approfondir cette pensée qui se bousculait dans son esprit tourmenté.

Alors, il la chassa de la seule manière qu'il connaissait, et il pressa sa bouche contre celle de Zia. Ainsi qu'il l'avait fait, des mois auparavant. Comme s'il cherchait une nouvelle réponse à une question ancienne. Et elle lui rendit son baiser comme si elle aussi, avait été bouleversée par ce moment.

Tout avait changé et pourtant, elle avait le même goût. Un goût qu'il n'aurait pas dû se rappeler aussi précisément. Et de la même *manière*, elle était différente sous ses mains. Mûre, ronde et absolument adorable. Zia gémit contre ses lèvres, comme si elle venait enfin de trouver le répit après un long voyage. Elle l'entoura de ses bras et le désir qu'ils avaient ignoré ces derniers jours se leva en eux comme un feu de forêt. Christhian avait le sentiment de ne plus rien contrôler alors qu'il était toujours maître de ses émotions.

Sauf quand il s'agissait d'elle.

Zia avait l'impression de se noyer dans un maelström de sentiments contradictoires. La joie, la peur, l'espoir et l'anxiété, mais aussi, un désir d'une force inouïe.

L'alchimie qui les liait était puissante et irrésistible. Pourtant, elle avait cru être capable de lutter contre elle. De l'éviter. La réapparition soudaine de Christhian dans sa vie, avec ses décisions autoritaires et son besoin de *tout* contrôler aurait dû éteindre cette flamme.

Et pourtant, il n'en était rien.

Ce n'est pas comme si elle avait embrassé beaucoup d'hommes avant lui. Elle avait eu quelques liaisons brèves, surtout pour prouver à son père qu'il n'avait pas son mot à dire sur tout ce qu'elle faisait, mais jamais elle n'avait éprouvé une sensation pareille.

Cette impression qu'elle mourrait si elle ne revivait pas cette nuit avec lui. *Au moins une fois.*

C'était sûrement lié au feu de l'action. Avant aujourd'hui, elle n'avait eu personne avec qui partager l'émotion inévitable suscitée par ces examens, voilà tout.

Mais elle devinait que Christhian était différent. Et la façon dont il l'embrassait faisait vaciller les fondations qu'elle avait bâties pour se protéger, d'abord en quittant son lit ce matin-là, puis quand elle avait appris qu'elle était enceinte.

Pierre par pierre, elle avait posé les bases de cette nouvelle vie et il faisait tout voler en éclats.

Mais, emportée par la passion de son baiser, quelle importance cela avait-il ? Quel besoin de se défendre quand les bras de Christhian l'entouraient et que ses lèvres étaient contre les siennes ? Quand il caressait doucement son ventre, comme pour chercher à protéger ces petites vies qui grandissaient en elle. Puis ses mains glissèrent plus bas, attisant des flammes qui semblaient n'être nées que pour lui.

Zia avait envie de lui. Encore. Même si elle savait que c'était une erreur. Une folie passagère. Mais quelle importance ? C'était si bon.

Soudain, l'un des bébés donna un coup de pied et Christhian dut le sentir car il se recula brusquement et fixa son ventre avec une expression choquée qui lui donna envie de rire. Pas de lui mais de tout le reste. Et une joie étrange et vertigineuse monta au plus profond d'elle, bien qu'elle sache qu'elle ne devait pas se mettre à croire en lui. Mais elle ne voulait pas se sentir en conflit avec Christhian. Alors quand leurs regards se croisèrent, elle lui sourit.

Elle vit briller un désir sauvage dans ses yeux mais il ne l'embrassa pas à nouveau. Il s'écarta précautionneusement d'elle et se leva du lit.

— La médecin nous attend, déclara-t-il d'un ton calme, mais elle devinait à son souffle court qu'il luttait pour reprendre son contrôle et elle décida de l'aider, déterminée à lui montrer qu'elle était aussi forte que lui.

— Veux-tu connaître leur sexe ? parvint-elle à demander d'une voix étranglée.

Il resta silencieux un moment, se contentant de la fixer avec cette intensité qui la faisait frémir.

— Oui, si tu es d'accord toi aussi, finit-il par répondre d'une voix rauque.

Elle prit une grande inspiration et hocha lentement la tête. Christhian sortit aussitôt de la chambre et revint au bout de quelques secondes, accompagné du docteur.

— M. Sterling m'a informée que vous désiriez connaître le sexe des bébés.

Zia acquiesça en sentant ses joues la brûler.

— Un garçon, annonça l'obstétricienne. Et une fille. La fille est légèrement plus petite, mais c'est très courant chez les jumeaux et ce n'est en aucun cas inquiétant.

Un garçon et une fille. Pourquoi était-ce un tel choc ? Sans doute parce qu'ayant une sœur jumelle, Zia s'était toujours figuré que ce serait deux filles. Et à présent, face à leur père, elle se demanda à quoi ils pourraient ressembler. L'un à Christhian, l'autre à elle ? Une vague d'émotion la submergea et elle faillit se remettre à pleurer.

— M. Sterling, si vous voulez bien nous excuser quelques instants ? J'aimerais m'entretenir en privé avec la future maman.

Christhian fronça les sourcils en regardant tour à tour la médecin et Zia.

— Très bien, fit-il en hochant la tête avant de sortir de la pièce.

Zia le suivit des yeux avant de se tourner vers la femme et lui adresser un sourire poli.

— Je vous remercie d'avoir bravé les éléments pour venir jusqu'ici. Cela m'a beaucoup rassurée.

— Tant mieux. Les dernières semaines de grossesse peuvent être stressantes mais vous n'avez pas à vous inquiéter. Vous serez bien prise en charge, je m'en assurerai. Je vais rester là jusqu'à l'accouchement, sur demande de M. Sterling, mais je tiens à être claire sur un point : mon devoir est envers *vous*, madame. Vous pouvez me solliciter pour toute question ou opinion que vous souhaiteriez exprimer. Et je serai toujours honnête dans mes recommandations.

Zia cligna des yeux en regardant la femme. Ce qu'elle annonçait était aimable, mais à dire vrai, Zia n'avait jamais pensé que Christhian puisse avoir engagé un médecin qui ne mette pas sa santé en priorité.

— J'ai travaillé auprès de nombreuses personnes très… connues, poursuivit la spécialiste. Mon dossier est irréprochable. Je n'ai jamais divulgué la moindre information confidentielle ni laissé un homme puissant avoir une influence sur la santé de quelqu'un.

— Tout cela est très réconfortant à entendre, bien sûr, murmura Zia, confuse, mais je ne vois pas…

— Les rapports sexuels sont autorisés, déclara la femme d'un ton pragmatique.

Zia manqua d'éclater de rire.

— Pardon ?

— Vous devez surveiller vos sensations. Si des crampes ou des saignements apparaissent, il faudra les éviter à partir de ce moment-là.

Les joues de Zia la brûlèrent et elle devina qu'elle rougissait. Elle s'éclaircit la gorge et posa ses mains sur son ventre.

— Je ne voudrais pas les mettre en danger, murmura-t-elle.

La femme haussa les épaules en souriant comme s'il s'agissait pour elle d'une conversation banale.

— Nous voulons toujours qu'une maman aille le plus loin possible dans le terme, surtout avec des jumeaux, poursuivit l'obstétricienne, comme si elle prononçait un discours bien rodé. Mais vous êtes en très bonne santé, ainsi que vos bébés. Les risques sont minimes à ce stade. Vous avez vos propres désirs et besoins, madame, et ceux-ci sont également à prendre en compte. Mais ce n'est pas non plus une obligation de votre part.

Zia parvint à hocher la tête.

— Je vous remercie.

— Très bien. Je vais vous laisser. À moins que vous n'ayez d'autres questions ?

Elle secoua la tête. Non, pas de questions. Mais une foule d'incertitudes. La médecin la laissa seule, en proie à des pensées tourbillonnantes.

Zia se leva et se dirigea vers l'une des fenêtres pour contempler la vue, dehors. La neige avait cessé de tomber et elle recouvrait tout d'un manteau blanc. Cela ressemblait toujours à un paysage de conte de fées et même si elle savait qu'elle ne devait pas se laisser tromper par ces apparences, Zia avait *envie* d'y croire pour un jour ou deux encore.

Quand Christhian entra dans la chambre avant de refermer la porte derrière lui, elle sut qu'elle se trouvait face à un choix.

Elle n'avait pas à céder aux désirs de son corps. Elle aurait pu faire appel à sa raison pour se protéger de cette folie.

Mais ce n'est pas ce qu'elle fit.

11

Zia se tenait hors de sa portée et elle ressemblait à une statue magnifique. Un parangon de fertilité et de beauté féminine. Royale. Savante. La lumière de l'extérieur l'auréolait comme une déesse.

L'espace d'une seconde, Christhian s'imagina à genoux devant elle, en adoration.

Le problème avec l'amour, mi Princesa, *c'est qu'il est hors de notre contrôle. Et nous sommes hors du sien.*

Cette voix à l'accent américain était celle de son père, qui réconfortait sa mère en pleurs, après un énième affront royal de sa famille. Un souvenir bien réel. Qui hantait l'esprit de Christhian. Quand son père l'avait vu dans la pièce, il lui avait fait signe de les rejoindre. Puis il avait insisté pour qu'ils aillent pique-niquer dehors. Sa mère avait cessé de pleurer et ils avaient passé un après-midi merveilleux.

Le rappel de ces moments heureux, ce pique-nique et l'amour de son père était la raison pour laquelle Christhian était aussi troublé.

Cela n'avait rien à voir avec *elle*. Il ne le permettrait pas. La situation était suffisamment compliquée comme cela.

Christhian recula d'un pas avant de se rendre compte de ce qu'il faisait. *Battre en retraite, lui ? Jamais.* Alors, il leva les yeux vers Zia et continua à l'étudier. Mais cela ne l'aida pas. Car elle était semblable à une sirène qui l'attirait hors de sa route.

— J'aime bien cette docteur, dit-elle enfin. Tu as fait un excellent choix.

— Tant mieux. Elle restera au domaine jusqu'à la naissance des enfants.

Une lueur fugitive traversa les yeux de Zia sans qu'il puisse l'identifier et elle posa ses mains sur son ventre dans un geste protecteur. Comme si elle avait peur de quelque chose.

Sans pouvoir s'en empêcher, il s'avança vers elle.

— Tu auras le meilleur de tout, Zia, murmura-t-il en posant une main sur son épaule, pris d'un besoin impérieux de la réconforter. Tu n'as rien à craindre.

Elle eut un petit rire.

— Il n'y a qu'un homme pour dire une chose pareille, répliqua-t-elle en souriant. Il y a *tant* à craindre. Mais j'apprécie que nous voulions la même chose, ajouta-t-elle en levant les yeux vers lui. Deux bébés heureux et en bonne santé.

— Oui.

Pourquoi avait-il l'impression qu'elle ne disait pas tout ? Mais en cet instant, il ne voulait pas penser à ce que cela pourrait être.

Il désirait Zia avec une telle intensité qu'il perdait de vue ce qui était nécessaire. Et juste. Mais malgré ce pouvoir qu'elle possédait, il savait se contrôler. Quoi qu'il arrive.

Il pouvait quitter la pièce.

Il *allait* le faire.

Mais elle posa sa main sur la sienne. Et son corps était si proche du sien. Elle leva sa bouche aux lèvres pleines vers lui. À sa portée. La goûter… encore un petit peu. Cela contribuerait sûrement à lui faire croire que l'amour était une possibilité envisageable, non ? Il pourrait l'embrasser et garder le contrôle. Car si elle tombait amoureuse de lui, il aurait tout le contrôle qu'il souhaitait.

Une sonnette d'alarme résonna dans son esprit, pareille à celles qu'il écoutait dans le cadre de son travail. Ces intuitions qui si souvent, l'avertissaient qu'il était sur le point de faire un faux pas.

Mais à ce moment-là, Christhian l'ignora et pressa sa bouche contre celle de Zia.

Elle lui rendit son baiser en posant ses mains sur ses joues et en se haussant sur la pointe des pieds. Elle était si douce et adorable qu'il fut parcouru d'un frisson électrique.

Attention.

— La médecin a dit que c'était sans danger, gémit-elle contre sa bouche.

Il croisa son regard et eut le sentiment de se noyer dans ses yeux envoûtants aux nuances émeraude.

C'était sans danger. Zia venait de lui donner le feu vert et pourtant, Christhian savait à quel point c'était risqué. Comme lors de cette première nuit. Une perte totale de contrôle. Avec des conséquences qui résonneraient sans doute pour toujours à travers eux.

Il savait lesquelles. Et il embrassa quand même Zia. Passionnément, profondément, déversant en elle des mois et des mois de frustration. Parce qu'il avait *rêvé* d'elle contre sa volonté. Il avait eu *envie* d'elle et avait été incapable d'en désirer une autre.

D'une certaine manière, cette femme l'avait détruit et c'était comme s'il... reprenait le contrôle. Comme s'il réclamait ce qui lui était dû.

Alors il prit sa bouche. Et il souleva la chemise de Zia avant de la laisser tomber au sol, puis il s'empara de ses seins et de son ventre qui portait leurs enfants. Si parfait et vibrant. Elle avait changé et était devenue plus pleine et plus douce. Il l'allongea sur le lit, désireux de découvrir cette nouvelle version de Zia, nue et absolue parfaite à ses yeux.

Il l'explora avec ses mains et sa bouche, jusqu'à ce qu'elle sanglote de plaisir en gémissant son nom.

Ensemble, ils créaient quelque chose de plus grand qu'eux. Pas seulement le résultat de leur première nuit mais une évidence qui le dépossédait de ses certitudes. De tout ce qu'il était. Car en cet instant, il n'était plus *qu'à elle.*

Il se déshabilla à son tour et lui écarta doucement les cuisses avant de se glisser en elle dans un long et doux mouvement parfait. La vague de plaisir qui le chevaucha fut telle qu'il eut le sentiment d'être un volcan au bord de l'éruption.

C'est comme si l'ordre des choses avait été bousculé lorsqu'elle avait quitté sa chambre ce matin-là et que tout était à nouveau en place.

Zia poussa un cri en tremblant de joie et il sentit son sexe chaud et humide se resserrer délicieusement autour du sien. Elle était si réceptive. On aurait dit qu'ils avaient été conçus pour exulter ensemble d'une manière que personne d'autre ne pourrait connaître.

Christhian commença à bouger lentement et régulièrement en elle, l'amenant progressivement à des sommets de plaisir et se délectant de voir son visage aux traits magnifiques s'illuminer de bonheur. Il vit ses lèvres former son nom et il la sentit se contracter tandis qu'elle jouissait. Alors, il rugit sa propre libération et elle s'accrocha à lui, forte et sûre d'elle.

Mais très vite, la peur s'insinua dans le plaisir tourbillonnant qu'il éprouvait. Il la tenait trop fort, il le savait. C'était hors de son contrôle. De ses règles. Il avait franchi les limites qu'il s'était imposées et il devait les remettre en place. La seule façon de maîtriser cette situation était de s'assurer que tout se passe comme il l'entendait.

— Tu vas m'épouser, Zia.

Il n'aurait pas dû, il le savait. Qu'est-ce qu'il lui avait pris de dire cela ? C'était sans doute le besoin de tout remettre en place… et de s'assurer qu'elle soit *à lui*.

Mais pas comme ça. Pour ses enfants. Seulement ça.

Zia regarda Christhian, stupéfaite.

C'est fou comme quelqu'un pouvait ruiner en une seconde un moment aussi extraordinaire. L'espace d'un instant, le plaisir et la joie de retrouver ce qu'ils avaient vécu au Portugal l'avaient complètement submergée. Dans son cœur, une lueur d'espoir avait germé. Celle que quelque chose de bon et de juste puisse sortir de tout cela.

Puis, il avait tout gâché. Alors que les derniers soubresauts de l'orgasme pulsaient toujours en elle. Zia se dégagea de son étreinte serrée et de ce regard intense, presque sauvage fixé sur elle. Peut-être réfléchirait-elle plus tard à ce que signifiait cette perte de contrôle manifeste qui s'affichait sur le visage de Christhian. Mais pour l'instant, la seule façon qu'elle avait de se protéger était de s'en prendre à lui.

— Je constate que ce n'est pas une question, lança-t-elle en tentant de ramasser ses vêtements.

Voyant qu'elle n'y arriverait pas, elle tira la couverture du lit pour se couvrir.

Christhian émit un son qui ressemblait à un grognement.

— C'est la marche à suivre.

— As-tu appelé mon père ? Parce que tu viens de parler exactement comme lui.

Elle avait été tellement stupide de s'abandonner ainsi à un homme qui était aussi obsédé par le contrôle que n'importe quel roi. Il enfila son pantalon avec une assurance désarmante et elle se trouva ridicule, enveloppée dans sa couverture comme un vulgaire paquet.

Christhian lui lança un regard brûlant.

— Tu ne peux pas coucher avec moi et t'opposer à notre mariage.

— Tu vas vite découvrir que non seulement je le peux, mais que je vais le faire.

— Tu dis cela par simple plaisir de me contrarier.

Elle secoua la tête, refoulant une petite voix dans son esprit qui lui murmurait qu'il n'avait peut-être pas tort.

— Non, Christhian. Je ne passerai pas d'un tyran à un autre sans avoir mon mot à dire sur ma vie et celle de mes enfants.

— Nos enfants.

— « Nos », cela signifie que nous sommes deux personnes impliquées. Et que tu ne peux pas tout décider sans tenir compte de mon avis.

Elle vit les traits de son visage se fermer tandis que ses yeux lançaient des flammes de colère, mais quand il reprit la parole, sa voix était parfaitement calme.

— C'est intéressant de te voir me donner une leçon sur le « nous », alors que de toute évidence, tu ne te soucies que de ta personne.

Sa remarque n'aurait pas dû la blesser. Elle avait été si naïve de croire qu'ils étaient davantage que des étrangers l'un pour l'autre. Quoi qu'elle puisse dire, il la prenait clairement pour une égoïste.

— C'est ce que tu penses vraiment de moi ? demanda-t-elle en s'efforçant de prendre le même ton posé que lui.

Il ne répondit pas tout de suite, se contentant de la regarder et elle devina que tout son corps était tendu.

— J'espérais que tu allais te montrer raisonnable, finit-il par déclarer.

— Tu espérais qu'en me faisant l'amour, j'allais croire que nous étions amoureux et que nous allions nous marier aussitôt, corrigea-t-elle en retenant les larmes qui affleuraient à ses yeux.

Il avait utilisé le désir irrésistible qu'elle éprouvait pour lui comme une arme.

— Ce que tu ne comprends pas, c'est que je savais *déjà* à quel point c'est bon de coucher avec toi, Christhian, reprit-elle. Cela n'allait pas me faire changer d'avis sur quoi que ce soit.

Il se figea, comme si elle l'avait transpercé d'une lame, puis les traits de son visage se détendirent à nouveau et il redevint Christhian Sterling. L'homme qui tenait le monde dans le creux de sa main.

— Je vais appeler ton père immédiatement et l'informer que je t'ai retrouvée. Puis, nous nous marierons.

Pourquoi aurait-elle dû être choquée ou blessée de le voir agir ainsi ? Ne s'y attendait-elle pas ? Mais, d'une manière ou d'une autre, il l'avait trompée...

— Qu'est-il arrivé à la possibilité de l'amour ? demanda-t-elle d'une petite voix.

Le mépris qu'elle lut dans les yeux de Christhian lui fit si mal qu'elle détourna le regard.

— Je nourrissais *l'espoir* que sous le vernis de princesse choyée se cache une femme qui soit capable de voir au-delà d'elle-même, la vie qu'elle pouvait offrir à ses enfants. Maintenant que cet espoir est mort, nous allons procéder à ma manière.

Zia lutta pour respirer calmement et retenir ses larmes. Elle trouverait de la force pour ses bébés. Elle ne se *plierait* pas à la volonté de

Christhian. Parce qu'elle savait, profondément et personnellement ce que cela signifiait d'avoir une mère comme cela.

Et elle ne serait pas cette maman-là.

— Je ne dirai pas oui, décréta-t-elle.

— Tu n'auras pas besoin de le faire, répliqua Christhian.

Et sur ces mots, il sortit de la pièce à grandes enjambées avant qu'elle ne puisse protester.

Il ne pouvait pas la *forcer* à l'épouser. Quoi qu'il en dise.

Je vais appeler ton père.

Que s'était-il passé ? Zia s'effondra sur le lit, totalement perdue. Comment cet instant merveilleux avait-il pu aboutir à… cela ? Qu'avait-elle fait de mal ?

Elle secoua la tête. Non, elle n'endosserait pas la faute de ce désastre. Du moins, pas complètement. Elle avait commis des erreurs, bien sûr. Elle avait baissé sa garde et laissé cette alchimie magique obscurcir son jugement. Elle avait raison de s'opposer à ce mariage. En devenant son époux, Christhian aurait le contrôle sur tout. Elle et ses enfants. Il n'y aurait aucun compromis possible.

Il pouvait parler d'amour autant qu'il le voulait, elle n'avait rien à lui offrir. Ni aucun moyen de se protéger d'un homme tel que lui. Comment pourrait-il l'aimer alors qu'il la considérait de toute évidence comme un objet inutile ?

Pour la première fois, elle imagina ses enfants.

Et Christhian, leur donnant des ordres, comme son père l'avait fait avec elle. Bien sûr, elle les défendrait, contrairement à sa mère qui ne l'avait jamais fait.

Mais dans cette nouvelle visualisation de ce que l'avenir lui réservait, elle parvenait presque à comprendre pourquoi celle-ci avait cédé.

Car au fond, qu'est-ce qui était le pire ? Capituler pour éviter une explosion, ou l'explosion elle-même ?

Zia n'avait jamais vu sa mère se battre pour ses filles et pourtant, elle avait toujours pensé qu'elle aurait préféré que ce soit le cas. Mais, sur le point d'être maman à son tour, elle n'en était plus aussi sûre. Était-ce sain pour des petits enfants d'être sans cesse témoins de conflits entre leurs parents ?

Comment faire pour que cela se passe bien ?

Les mains tremblantes, Zia saisit son téléphone.

Beau… j'ai besoin d'aide.

12

Christhian s'attendait à ce que sa fureur s'estompe mais ce ne fut pas le cas. Elle se contenta de… s'inverser. Car aussi en colère qu'il puisse être contre Zia, la rage la plus tenace qui le faisait bouillir était dirigée contre lui-même.

Au cours des deux jours suivants, Zia l'avait ignoré et évité tandis qu'il organisait ce qu'il savait être la meilleure solution pour eux. Il n'allait pas se battre ni la supplier pour qu'elle accepte de suivre cette voie. Ses enfants méritaient d'avoir des parents mariés et vivant sous le même toit. Un point c'est tout.

C'est pourquoi il avait dépensé une fortune pour faire déblayer les routes qui menaient de l'aéroport au château. C'est la raison pour laquelle il avait fait venir du personnel depuis sa résidence de base en Espagne. Et c'est aussi pour cela que la famille de Zia était en route et devait arriver d'un instant à l'autre.

Demain, un mariage royal aurait lieu, que sa future épouse l'approuve *ou non*.

Une fois cette question réglée et un test de paternité effectué, il s'occuperait de toutes les questions légales auprès de ses avocats, afin que ni le roi de Lille, ni sa propre *famille* n'aient son mot à dire dans la vie de ses enfants.

Ces derniers seraient protégés à tout prix.

Christhian y avait beaucoup réfléchi. Plus que Zia, de toute évidence. Bien sûr, elle était parvenue à échapper à son père pendant quelques mois, mais même si cela n'avait pas été lui, quelqu'un aurait fini par la retrouver un jour. Et ensuite ? Hormis sa fuite, avait-elle d'autres projets ?

Il pensa à ses parents, qui occupaient beaucoup son esprit ces derniers temps sans qu'il comprenne pourquoi. Sans doute était-ce parce qu'il était sur le point de devenir père à son tour.

Il ne s'agissait en aucun cas d'amour.

Zia ne comprenait pas que fuir ne serait jamais la bonne solution. Être sous sa protection était sa seule façon de s'en sortir. À quoi bon perdre plus du temps à s'efforcer de la conquérir ?

Christhian ignorait pourquoi cette décision ne lui apportait pas la paix attendue. Chaque matin, il se réveillait en proie à une étrange tension, les poings serrés, comme s'il s'était battu durant son sommeil.

Pourtant, il n'y avait pas de place au doute, ici. Son plan assurait la sécurité de tous. Personne ne finirait mort au bord d'une route dans cette affaire. Il refoula cette pensée. Elle n'appartenait pas à son histoire mais à celle de ses parents.

Assis à son bureau, il contempla la vue sur les collines vallonnées de son domaine à travers l'une des larges fenêtres de la pièce. Tout était recouvert de blanc et la neige recommençait à tomber en flocons tourbillonnants. C'était le panorama d'une carte postale, digne d'un conte de fées.

Un domestique vint informer Christhian que le cortège royal venait d'arriver et il quitta son bureau pour aller saluer ses invités. Le prêtre avait un peu de retard mais on l'avait assuré qu'il serait là avant la fin de la journée.

Christhian avait décidé de laisser Zia se cacher dans sa chambre. Elle ne savait pas que ses parents arrivaient, à moins qu'elle n'ait communiqué avec sa sœur, ce qui était une possibilité. Quoi qu'il en soit, il n'avait pas pris la peine de l'informer de ses plans. Elle en ferait partie, qu'elle le veuille ou non, et il avait préféré s'épargner une conversation qui aurait forcément tourné à l'affrontement. Il en avait assez des conflits.

Un valet ouvrit la grande porte d'entrée tandis que d'autres membres du personnel invitaient la famille royale à pénétrer dans le hall du château.

— Vos Majestés, Votre Altesse. Je vous souhaite la bienvenue.

Christhian exécuta une courte révérence face aux trois membres de la famille royale qui se tenaient sur le seuil de sa demeure. Il n'avait jamais rencontré la reine mais il vit tout de suite dans son visage des points communs avec Zia. Les yeux verts et le menton pointu. Son expression était royale mais il devina à sa façon de s'agripper au bras de son mari qu'elle était extrêmement tendue. La jeune femme qui se tenait en retrait derrière le roi et la reine, comme si elle tentait presque de se cacher était sans doute la sœur de Zia. Pour des jumelles, elles ne se ressemblaient pas beaucoup. Bien sûr, elles présentaient des similitudes, mais alors que Zia était grande et athlétique, Beaugonia était plus petite et effacée. Il nota cependant que bien qu'elle se tienne autant que possible à l'écart du centre de l'attention, ses yeux noisette ne perdaient aucun détail de la scène.

— J'espère que vous avez fait bon voyage. Mon personnel peut vous conduire à vos chambres si vous souhaitez vous reposer un moment avant le dîner.

Le roi Rendall lui adressa un regard empli de méfiance.

— Je suis venu ici par courtoisie puisque vous prétendez avoir retrouvé ma fille.

— Et je vous en remercie, répondit Christhian avec un sourire.

— Où est-elle ? s'enquit la reine.

Le roi jeta à son épouse un regard sévère mais celle-ci l'ignora et garda ses yeux inquiets rivés sur Christhian.

— Elle nous rejoindra pour le dîner, répondit celui-ci. Nous aurons beaucoup de choses à discuter.

Avant cela, Christhian voulait s'assurer d'avoir un moment en tête à tête avec le roi pour lui expliquer la situation dans sa globalité. Il ferait comprendre au monarque que ses terres et son pouvoir ne l'intéressaient nullement et que ses enfants seraient sous son unique responsabilité.

Christhian tourna son attention vers la seule personne qui n'avait pas encore parlé. Il sourit à Beaugonia mais la jeune femme resta de marbre.

— Zia sera très heureuse de vous revoir, Princesse.

Mais sa jumelle se contenta de le fixer d'un air suspicieux. Sa sœur lui avait sans doute raconté des horreurs à son sujet. Eh bien, qu'il en soit ainsi. Christhian n'avait besoin de l'approbation de personne. Le mariage aurait lieu le lendemain et rien ne pourrait l'empêcher.

Il entendit un bruit dans son dos et il jeta un œil par-dessus son épaule. Zia se tenait debout, en haut de l'escalier. Son ventre était caché par la rambarde.

— Beau...

L'espace d'un instant, un éclair de joie véritable illumina le visage de Zia et Christhian ressentit un pincement douloureux dans la poitrine. Pas parce qu'il aurait aimé être la source d'un tel bonheur – cette idée était ridicule – mais parce que la jeune femme avait ruiné ses plans. Une fois de plus.

Pourtant, il ne fronça pas les sourcils, pas plus qu'il ne la réprimanda. Cela n'aurait pas fait bonne impression devant ses parents. Mais surtout, il était hypnotisé par cette joie sur son visage, tandis qu'elle descendait les escaliers à la rencontre de sa sœur, qu'elle serra dans ses bras. À les voir s'enlacer longuement, Christhian sentit son cœur se réchauffer. L'allégresse qui émanait des deux jeunes femmes était si puissante qu'elle en devenait presque contagieuse et il sourit malgré lui en espérant un jour que ses enfants se comportent de la même manière.

Le roi et la reine ne partageaient clairement pas ce moment de liesse. La reine ouvrait des yeux grands comme des soucoupes tandis que son royal époux semblait sur le point d'ordonner une série de décapitations.

Tout cela parce que Zia avait gâché l'annonce en douceur que Christhian avait prévu de faire.

Tant pis. Il s'arracha à la contemplation de cette scène de bonheur et se tourna vers le roi.

— Vous comprenez, monsieur, à présent, la raison pour laquelle je vous ai fait venir ici. Et pourquoi un mariage aura lieu demain.

La joie que Zia ressentit en apercevant sa sœur fut aussitôt tempérée par la présence de ses parents et surtout, par la déclaration autoritaire de Christhian. Car la réalité de la situation s'imposa soudain à elle. Beau n'était pas venue ici pour la sauver. C'est Christhian qui avait orchestré cette scène ridicule.

Elle s'était bercée d'illusion en pensant que ces deux derniers jours durant lesquels elle l'avait soigneusement évité avaient été pour lui une sorte de punition. Le pire, c'est que sa présence et leurs conversations lui avaient manqué.

Et elle ne savait qu'en penser, tout comme elle ignorait l'attitude à adopter face à son père. Il avait l'air furieux et menaçant à l'idée que Christhian l'ait fait venir jusqu'ici.

Et celui-ci ne semblait pas se soucier de savoir si elle était terrifiée ou non à l'idée d'être confrontée à son père.

Quelle idiote elle avait été de croire qu'il pouvait être… différent. Mais pas question de se laisser aller à la tristesse. Elle devait être forte pour ses bébés.

— Il n'y aura pas de mariage, déclara-t-elle d'un ton ferme sans lâcher sa sœur, comme si elle puisait sa force à travers ce contact. Je ne sais ce qu'il a pu vous dire, père, mais –

— Cela suffit, Zia, coupa le monarque d'une voix glaciale. Christhian et moi discuterons de cette question en privé.

Zia se tourna alors vers Christhian. Qu'allait-il bien faire ? Mais son expression était indéchiffrable.

— Très bien, fit-il avant de désigner le couloir de la main. Je vous prie de me suivre, monsieur.

Le roi disparut à sa suite et Zia se retrouva seule avec sa mère, sa sœur et quelques domestiques qu'elle ne reconnut pas. Elle avait la sensation d'être en train de se noyer.

Une femme de chambre s'éclaircit la gorge avant de prendre la parole.

— Si Vos Majestés veulent bien me suivre, je leur montrerai leurs chambres.

— Beau s'installera dans la mienne, annonça Zia en refoulant les larmes de déception qui affleuraient à ses yeux.

— Mais, M. Sterling a bien précisé que…

— La princesse dormira dans ma suite avec moi, coupa Zia en faisant appel à son autorité royale.

Elle adressa néanmoins un sourire à la jeune femme pour lui faire comprendre qu'elle n'avait rien à voir avec sa colère.

Pourquoi était-ce si douloureux ? Elle connaissait la réponse à cette question. Elle avait fait confiance à cet homme alors qu'il lui avait montré à plusieurs reprises qui il était vraiment. Et pourtant, face à ce désespoir total, elle éprouvait un soulagement. Car Beau était là, alors tout irait bien.

— Nous prendrons le thé toutes les trois dans la véranda, annonça-t-elle plus gentiment à la femme de chambre. Pouvez-vous faire en sorte qu'on nous serve là-bas ?

La domestique hocha la tête avant de disparaître.

— Suivez-moi, reprit Zia à l'adresse de sa mère et sa sœur en se tournant vers les escaliers.

— Zia, tu ne peux pas juste nous emmener prendre le thé et ne pas aborder le… le… problème, bégaya sa mère.

— Quel problème ? répondit Zia d'un air innocent.

Beau étouffa une sorte de toux que sa sœur identifia aussitôt comme un rire. Toutes deux se comprenaient sans parler.

Elle glissa un bras sous celui de sa jumelle et elles commencèrent à monter les marches. Zia se retourna pour s'assurer que leur mère les suivait, ce qui était le cas, même si elle était clairement furieuse.

Beau se pencha vers Zia.

— Il vit dans un *château*, murmura-t-elle.

— Tu sais qu'il appelle ça un cottage ? N'importe quoi !

Sa sœur rit à nouveau, ce qui leur valut un regard sévère de leur mère. C'était si familier que Zia se détendit un peu. Elle les conduisit jusqu'à la véranda et leur indiqua des sièges. Beau s'installa aussitôt mais pas leur mère, qui demeura sur le seuil de la pièce en secouant la tête.

— Zia, je ne comprends pas. Mais enfin, que s'est-il passé ?

— Christhian et moi nous sommes rencontrés il y a quelques mois. C'était à l'occasion de… comment avez-vous appelé ça déjà ? Ah oui, mes vacances de devoir. Bref, je l'ai croisé et ça a… fonctionné entre nous. Quand j'ai appris que j'étais enceinte quelques mois plus tard, je ne savais pas comment le joindre, ni comment l'annoncer à père, et j'ai décidé de m'enfuir.

— Enceinte… répéta sa mère. D'un homme que tu ne connais même pas.

À l'entendre, on aurait dit que Zia avait assassiné quelqu'un de sang-froid. Cela dit, aux yeux de la reine, cela devait être aussi grave. Une honte pour la monarchie. C'est tout ce qui comptait, n'est-ce pas ?

— Je le connais assez bien maintenant, nuança Zia d'une voix plus douce.

Pouvait-elle blâmer sa mère d'être choquée et consternée par cette nouvelle ?

— Et je suppose que par un tour étrange du destin, c'est à père que je dois cela, reprit-elle. Quand il a engagé Christhian pour me retrouver, celui-ci ne savait pas qui j'étais. Jusqu'à ce qu'il me reconnaisse sur une photo. Et il n'était pas au courant pour les bébés…

— *Des* bébés, Zia ! s'exclama sa mère en s'effondrant dans un fauteuil, la main sur le cœur. Des jumeaux… ?

— Oui, acquiesça Zia. Des jumeaux, ajouta-t-elle en adressant un sourire complice à Beau.

— Ma grossesse a été terrible, confia la reine comme si elle se parlait à elle-même. J'étais tellement malade et terrifiée. Constamment alitée. C'est pourquoi nous n'avons jamais eu d'autre enfant, même si votre père aurait aimé avoir un garçon...

Zia esquissa un petit sourire. Leur mère avait souvent évoqué cette grossesse difficile, ainsi que la frustration de ne pas avoir eu ensuite de fils, ce qui leur aurait bien facilité la vie, à toutes les deux.

— La mienne s'est déroulée sans incident, déclara-t-elle. Les médecins me répètent que j'ai beaucoup de chance que nous soyons tous en si bonne santé.

— C'est incroyable, murmura sa mère, les yeux brillants. Zia, ma chérie, pourquoi m'as-tu caché une chose pareille ?

Elle regarda sa mère, fascinée. Celle-ci pleurait beaucoup, et toujours en privé, bien entendu. Car le masque public de la reine Rendall était toujours impénétrable et dénué de la moindre émotion. Zia ne confondait jamais les deux visages de sa mère. Ils étaient si différents. La reine publique parfaite que le roi exigeait. Et la femme en privé, terrifiée à l'idée de s'opposer à lui.

Pourtant, en cet instant, Zia était confuse. Elle s'était attendue à des récriminations liées à l'image publique ou à la réaction du roi. Pas au fait qu'elle *ne lui ait rien dit*.

Au fil des ans, il y avait tant de secrets qu'elle n'avait pas partagés avec sa mère et cela, pour une raison bien précise.

— Comment aurais-je pu vous en parler ? s'exclama-t-elle. Je savais comment père réagirait. Ce qui signifiait que vous réagiriez de la même manière. J'ai dû gérer cela toute seule.

— Toute seule ? se moqua sa mère en plissant les yeux vers Beau. Je n'en crois pas un mot.

Mais avant qu'elles ne puissent approfondir cette question, deux domestiques firent irruption dans la pièce, chargés de plateaux qu'ils disposèrent sur une table avant de s'éclipser. Zia s'avança pour les servir mais sa mère l'interrompit d'un geste de la main.

— Eh bien, fit-elle. Concentrons-nous sur le présent, puisque nous ne pouvons rien changer au passé. Une cérémonie intime s'impose, compte tenu de ton état, mais il faudra prévoir une annonce officielle pour le royaume.

Zia regarda sa mère leur verser du thé avec élégance tandis que Beau remplissait une assiette de pâtisseries. De son côté, la discussion lui avait coupé l'appétit.

— Mère, déclara-t-elle. Je me moque bien de ce que Christhian peut annoncer à père. Je ne l'épouserai pas.

— Zia, répliqua sa mère en posant brusquement la théière sur la table basse. Tu es *enceinte* !

— Sans blague ?

Mais la reine était tellement énervée qu'elle ne lança même pas son regard de censure habituelle à sa fille, pas plus qu'elle ne réprimanda Beau qui riait à nouveau.

À la place, elle se leva et fit les cent pas dans la véranda en se tordant les mains.

— Tu *dois* te marier. Et tu devras rester cachée jusqu'à... Personne ne doit savoir. Ton père...

Elle s'interrompit, l'air hésitant.

Zia s'efforça de garder son sang-froid. Elle n'avait aucune raison de s'en prendre à sa mère. Celle-ci n'était que le réceptacle des exigences de son époux.

— Je ne me marierai pas, mais je veux bien rester cachée pour... toujours, annonça-t-elle d'un ton calme.

— Tu es l'héritière, protesta sa mère, manifestement *horrifiée* à l'idée que sa fille ne considère pas cette information comme la priorité absolue.

Zia posa une main sur son ventre. Elle savait que sa mère était pleine de bonnes intentions et pourtant, elle avait fait du tort à ses filles. Était-ce là la malédiction de toutes les mères ? Peu importent les efforts qu'elle fournirait, finirait-elle par faire du mal à ses enfants ? Et si dans vingt ans, ces petites vies qui grandissaïent en elle lui reprochaient de leur avoir refusé un héritage royal ? Et des parents mariés ?

L'amour qu'elle leur porterait suffirait-il, vraiment ?

D'après ce qu'elle avait compris, Christhian avait aimé ses parents. Bien sûr, ils semblaient être des personnes adorables, mais parfois, l'image qu'il se faisait d'eux semblait presque trop belle pour être vraie. Le doute s'empara d'elle. Fallait-il qu'elle épouse Christhian pour le bien-être de ses enfants ? Certes, il était autoritaire, mais il clamait vouloir leur bonheur en priorité, ce qui le différenciait largement des parents de Zia.

— J'ai entendu une rumeur selon laquelle le roi peut désigner l'héritier de son choix, déclara soudain Beau, interrompant ses pensées.

La reine se tourna vers sa fille et lui lança un regard furieux.

— J'ai dit à ton père que nous aurions dû te laisser au palais.

— Machin a insisté pour que je vienne, précisa-t-elle en avalant une bouchée de gâteau. Il semblait très déterminé.

Zia regarda Beau, surprise de cette information. Elle était certaine que ses parents n'auraient pas emmené sa sœur, s'ils avaient eu le choix. Christhian avait donc insisté… pour elle ?

— Il a fait ça ? demanda-t-elle à sa jumelle qui lui adressa un regard méfiant.

— Oui, c'est ce que père a dit en me faisant bien comprendre que je n'étais pas la bienvenue.

Zia s'adossa dans son fauteuil et ferma les yeux. Cela ne voulait rien dire. Christhian voulait la forcer à se marier, il n'avait pas fait cela par gentillesse, bien évidemment. Elle devait cesser de se faire duper à chaque fois.

— Bien, fit-elle, résolue à ne pas capituler devant Christhian, ni devant son père. Maintenant que nous sommes réunies ici, il est temps de déterminer la façon dont nous allons procéder. Je ne l'épouserai pas. Peu importe ce qu'ils se disent en ce moment.

— Tu étais prête à te marier avec un prince héritier, Zia, fit remarquer sa mère. En quoi est-ce différent ?

— C'est entièrement différent, mère !

Après tout, pourquoi défendre Christhian ? Elle n'avait aucune raison de le faire. Certes, il y avait entre eux une certaine *alchimie* qu'elle ne pouvait nier. Avec lui, elle avait eu des relations sexuelles… et des conversations. Alors s'il fallait épouser quelqu'un…

Non.

— Je comprends que ce soit difficile à accepter, reprit-elle en s'efforçant de garder une voix calme. Mais père est le *roi*. Je suis sûre qu'il résistera à la tempête et puis, comme l'a précisé Beau, il pourra choisir un autre héritier, dès que j'aurai abdiqué.

La reine secoua la tête.

— Tu *dois* épouser le père de tes enfants. Il faut qu'ils soient légitimés. Ils vont hériter de royaumes, Zia. Comment peux-tu te montrer aussi égoïste ?

Égoïste. Ce mot qu'on ne cessait d'utiliser contre elle. C'était peut-être justifié. Comment le nier ? Elle voulait certaines choses pour elle. Un peu d'autonomie et de liberté. Était-ce si mal ? Zia l'ignorait. Elle savait seulement qu'elle ne voulait pas s'incliner. Pour elle-même, sans doute mais d'abord et avant tout pour ses enfants.

Ils ne souffriraient pas. Ils ne seraient pas forcés de s'incliner à leur tour. Et peut-être que Christhian ne le souhaitait pas pour eux, mais l'homme à qui il était en train de parler ne partageait pas cet avis. Et si Christhian ne lui tenait pas tête ici et maintenant, le roi ferait tout pour exercer une influence sur eux.

Zia devait protéger ses bébés de la même manière qu'elle avait protégé sa sœur durant toutes ces années.

— Le royaume dont je suis censée hériter n'a jamais été qu'une punition et une menace utilisée contre moi, déclara-t-elle en croisant le regard de sa mère. Je ne ferai pas subir cela à mes enfants. J'ai peut-être commis une erreur…

— Peut-être ?

— Mais c'est *mon* erreur.

Sa mère secoua la tête tandis que des larmes emplissaient de nouveau ses yeux.

— Tu te crois moderne et puissante, lança-t-elle d'une voix amère. Tu penses que tu pourras résister à ton père et au monde qui t'a construite ?

Elle s'interrompit avec un rire cynique.

— Ils t'écraseront, Zia. Pourquoi n'ai-je jamais réussi à vous faire comprendre à ta sœur et toi qu'il vaut mieux se plier que d'être brisé ?

— En quoi est-ce mieux ? demanda Beau.

Zia aussi aurait aimé connaître la réponse à cette question, mais elle savait que ce n'était pas le moment de la poser. C'est ce qui la distinguait de sa sœur et c'est aussi l'une des raisons pour lesquelles Beau ne serait pas nommée héritière à sa place. Elle n'avait aucun filtre.

Mais le royaume de Lille était suffisamment dynamique. Père avait le droit de désigner un autre héritier. Cela ne lui plairait pas mais au moins, ce ne serait pas Beau. Alors pourquoi Zia se sentait-elle coupable, malgré tout ?

Pourquoi le fait de se plier lui semblait-il soudain une option envisageable ? Si elle se laissait faire, sa sœur n'en subirait pas les conséquences.

La reine secoua une dernière fois la tête avant de sortir de la pièce, l'air encore plus furieux que lorsqu'elle y était entrée.

Zia ferma les yeux, soudain épuisée, puis elle entreprit de se lever.

— Il faut que je montre sa chambre à mère.

Mais Beau posa une main sur son bras.

— Elle trouvera un domestique pour le faire bien avant que tu ne parviennes à t'extirper de ce fauteuil.

Zia rit malgré elle, mais sa sœur enchaîna :

— Mère a raison, Zia. Tu ne peux pas leur tenir tête. Nous n'avons pas ce genre de pouvoirs. Ils nous écraseront *vraiment* si nous essayons. Il nous faut donc un plan. Nous allons nous enfuir.

13

Plus Christhian passait du temps avec le roi Rendall, moins il aimait cet homme et cette constatation ne lui plaisait guère. Ce n'était pas seulement lié au fait que le monarque était pompeux et exigeant, réunissant tous les défauts de la *royauté* que Christhian avait appris à détester en grandissant.

C'est surtout la façon dont il parlait des femmes de sa famille. Comme si elles n'étaient rien d'autre que des pions à déplacer sur un échiquier. Christhian imaginait sans mal que c'était dans ses termes que la famille de sa mère devait parler d'elle lorsqu'elle n'agissait pas comme ils l'entendaient.

Et cela l'emplissait d'une colère qu'il luttait pour maîtriser car il devait à tout prix garder son sang-froid.

Quand tout serait réglé comme il le souhaitait, la rage, la frustration et cette foule d'incertitudes disparaîtraient. Tout le monde serait en sécurité et il pourrait enfin se détendre.

— Roi Rendall, dit-il, après que le monarque n'eut eu de cesse d'évoquer les mariages royaux et tout ce qui s'ensuivait. Je pense que vous m'avez mal compris. Vous n'êtes pas au pouvoir ici.

Installé dans un luxueux fauteuil en cuir qui faisait face à son bureau, le roi plissa les yeux en direction de Christhian.

— Il n'est pas coutumier que *quiconque* s'adresse à moi dans ces termes.

— Je ne suis pas un sujet de votre pays, répliqua Christhian, debout derrière son bureau, avant de sourire et d'ajouter un « monsieur ».

Manifestement, cela ne suffit pas à calmer le monarque.

— Avez-vous la preuve que vous êtes bien le père de ces enfants ?

Christhian ne releva pas l'insulte.

— Je la fournirai en temps voulu, répondit-il d'un ton calme.

— Je suppose que votre nom et votre lignée ont une certaine… portée.

Ce changement d'angle dans leur conversation était pour le moins déroutant, et Christhian fut soudain plus attentif.

— Une portée ?

— Hisla est un petit État.

Christhian n'était pas très attaché au pays de sa mère mais la condescendance du roi l'irrita, malgré lui.

— Lille n'est pas très grand non plus.

— En effet. J'ai mis au point un partenariat avec le royaume de Divio pour assurer un époux à mon héritière. Cet accord politique garantit la perpétuation de nos lignées respectives.

Le roi Rendall s'interrompit et fronça les sourcils en tapotant de sa main le bureau de Christhian.

— Je ne sais que faire au sujet du prince héritier. Beaugonia ne fera pas l'affaire. Je suppose que vous n'avez pas de cousines princesses qui seraient prêtes à épouser un prince ?

— Je ne saurais vous le dire. J'ai très peu de contact avec la famille de ma mère, Votre Majesté. Et j'ai l'intention de laisser les choses telles qu'elles sont.

— Vous souhaitez épouser ma fille et élever ces enfants comme bon vous semble, mais vous ne comprenez pas. Il est de notre responsabilité, en tant que dirigeants, de consolider et protéger le pouvoir qui gardera nos familles et nos lignées en sécurité jusqu'à la fin des temps. Lille et Hisla doivent conclure une sorte de… partenariat avec votre famille.

Tout à coup, Christhian fut gagné par une émotion si étrange et déplacée qu'il mit quelques secondes à la reconnaître. Puis, la clarté se fit peu à peu dans son esprit.

Il avait commis une erreur en impliquant le père de Zia. Il

savait qu'il faisait le bon choix en décidant de se marier avec elle. Mais il avait eu tort d'utiliser ses parents comme une arme pour la faire fléchir.

Car à présent, plus que jamais, il voulait la protéger de… *cela*. Du pouvoir et des profits, alors que l'avenir d'un enfant ne devrait être qu'une question de bonheur. Et de paix. Pas seulement celle de *ses* enfants. Mais celle de Zia.

Il n'avait aucun doute sur le fait que, même maintenant, cette dernière devait être en train de planifier avec sa sœur une tentative d'évasion. Tout comme elles avaient préparé ensemble la fuite de Zia vers cette île.

En cet instant, tandis que le roi Rendall pérorait au sujet du pouvoir et des royaumes, Christhian était tenté de laisser faire les jeunes femmes. Pour qu'elles s'éloignent de l'homme qui était assis en face de lui.

Mais s'il laissait Zia s'enfuir, il savait que son père la retrouverait. Peut-être pas tout de suite et il pourrait sans doute contrecarrer ses recherches, mais cela signifierait pour Zia et leurs enfants une existence intranquille. Un souci de vigilance constant. Une vie passée à fuir.

Et fuir ne résolvait jamais rien. Cela ne menait qu'à la destruction.

Zia finirait bien par comprendre que Christhian lui offrait la meilleure protection possible en l'épousant. Il s'efforçait de faire le bien pour elle, même si elle ne le voyait pas.

Il la protégerait. Il …

Un sentiment étrange et oppressant s'installa dans sa poitrine. Et un souvenir très ancien s'imposa à lui.

Ta famille n'a de pouvoir sur toi que si tu le lui accordes.

Ils contrôlent tout.

Sauf moi.

Christhian fixa, sans l'écouter, le monarque qui poursuivait son monologue, envoûté par ce souvenir de ses parents. C'était une nuit, peu de temps avant leur mort. Christhian n'arrivait pas à dormir et il était venu les retrouver. Le couple était blotti l'un contre l'autre, face au feu qui crépitait dans la cheminée du salon de ses grands-parents aux États-Unis. Sa mère avait pleuré et son corps était toujours agité de tremblements mais son père la tenait dans ses bras comme il le faisait toujours. Et il avait prononcé ces mots qui résonnaient dans la tête de Christhian, comme s'il avait tendu la main vers lui depuis l'au-delà pour les lui rappeler. Des paroles d'amour.

Son père avait suffisamment aimé sa mère pour être capable de tenir tête fièrement à une monarchie.

Et maintenant, son fils suivait le même chemin.

Seulement, ce n'était pas l'amour qui animait Christhian. En protégeant Zia, il protégeait ses enfants. S'il n'aimait pas l'idée que la jeune femme soit sous la coupe du roi Rendall, c'est parce qu'il avait une aversion pour les tyrans, quels qu'ils soient. Et les tyrans royaux en particulier.

Il avait vu sa mère lutter et il ne voulait pas que la mère de ses propres enfants subisse le même sort. Car ces derniers le verraient. Ils en seraient témoin. C'est donc pour eux qu'il faisait tout cela. Du moins, c'est ce qu'il avait cru jusqu'à présent.

Il n'était pas *amoureux* de Zia. Comment aurait-il pu ? Il la connaissait à peine.

Christhian regarda la bouche du roi formuler des phrases qu'il n'entendait pas. Le mot *amour* résonnait en lui comme une tempête.

Il trouvait Zia égoïste. Même si elle avait passé son enfance à se sacrifier pour protéger sa sœur, c'est pour *elle* qu'elle s'était enfuie, pas pour leurs enfants.

Il l'imaginait, blottie dans sa petite cabane isolée, sur cette île arctique. Sa vie n'avait pas dû être facile là-bas. Difficile de se convaincre que c'était un comportement égoïste de sa part. Mais si elle s'était imposé cette épreuve, c'était pour ses propres intérêts, uniquement.

Des intérêts dont elle n'avait pas cherché à profiter avant de tomber enceinte. Alors, elle avait ingénieusement échappé à ses chaînes royales et elle avait vécu durant des mois, seule, dans cet endroit isolé. Il repensa aux petits plaisirs insignifiants qu'elle s'était offerts durant sa semaine de *vacances* au Portugal. Cette unique semaine de liberté qu'elle avait voulu explorer avant de se marier et de choisir un avenir qu'elle ne voulait pas, pour protéger sa sœur.

Seule l'apparition de leurs *enfants* avait changé le cours de choses. *Parce qu'elle leur avait donné la priorité.*

Christhian n'avait pas voulu y croire mais il avait vu le visage de Zia quand elle avait aperçu Beaugonia. C'était de l'amour. De la dévotion.

Zia n'était pas égoïste. Au contraire, elle était même peut-être trop dévouée à ceux qu'elle aimait.

Christhian cligna des yeux tandis que cette évidence s'imposait à lui dans toute sa clarté. Il repensa à la chaleur qu'il ressentait quand elle lui souriait ou lorsqu'elle baissait sa garde et lui faisait confiance. Désormais, il avait brisé cela.

Et les mots de son père résonnèrent à nouveau en lui.

Je l'ai aperçue à l'autre bout de la pièce et je n'avais jamais rien vu de plus beau dans ma vie. Mon cœur s'est arrêté.

Après la mort de ses parents, Christhian avait visionné de nombreuses interviews de son père. Il rassemblait tous les souvenirs qu'il pouvait pour tenter à sa manière de les garder en vie. Puis à l'adolescence, il avait compris qu'il devait aller de l'avant, se concentrer sur son avenir pour échapper à son présent, plutôt que de s'attarder continuellement sur un passé qu'il ne pourrait jamais retrouver.

Mais cette interview tournait en boucle dans sa tête à présent. Car dès l'instant où Zia avait franchi la porte de ce bar, ce soir-là, Christhian s'était senti différent. Et rien n'avait été pareil dans sa vie après cela.

Mon cœur s'est arrêté.

Soudain, quelque chose sembla aussi s'arrêter en lui. Ou bien commencer. Ou alors se briser.

Christhian s'écarta de son bureau.

— Votre Majesté, déclara-t-il d'un ton ferme en interrompant la diatribe du monarque. Nous ne sommes pas à Lille. Et Zia n'est pas votre propriété. J'ai mon propre argent, mon propre pouvoir. Je n'ai pas besoin de votre permission, pas plus que je ne suis obligé de suivre vos ordres. Ici, c'est vous qui suivrez les miens. Le mariage aura lieu demain. Vous pouvez y assister, ou pas. Mais je ne conclurai aucun traité avec vous ou avec votre royaume.

Le roi Rendall se leva brusquement et ses joues prirent une teinte violacée.

— Dans ce cas, vous n'hériterez pas d'un centime. Et vos enfants non plus. Quel que soit le mariage que vous pensez faire, je l'invaliderai.

— Je n'ai pas besoin de votre argent, monsieur. Ni de vos titres. Je n'ai besoin de rien, ajouta Christhian d'une voix calme. Votre influence ne s'étend pas au-delà de votre pays et nous ne sommes pas *dans* votre pays.

Le roi fulmina quelques secondes avant de tourner les talons et sortir de la pièce en trombe.

C'était loin d'être fini, mais Christhian ne reculerait pas. Car, amour ou pas, rien ne viendrait empêcher ce qu'il avait à faire. Protéger Zia et leurs enfants, quel qu'en soit le prix.

— Nous devons attendre le dernier moment possible, déclara Beau alors qu'elles étaient sur le point de se coucher, ce soir-là.

Zia avait refusé d'assister au dîner. Elle était épuisée et n'avait aucune envie de se retrouver en présence de son père et Christhian.

Parce qu'au fond d'elle, elle était en proie au doute. Plus Beau se montrait enthousiaste pour évoquer leur évasion prochaine, plus elle se sentait fatiguée à cette perspective. Quelque chose la gênait dans cette idée sans qu'elle parvienne à comprendre de quoi il s'agissait. Quel genre de vie offrirait-elle à ses enfants en s'enfuyant ? Et en restant ? Et quelle que soit l'option qu'elle choisirait, que deviendrait Beau ?

— Il faut qu'au moment où ils se mettent à notre recherche, on soit déjà loin, reprit cette dernière en se glissant dans le grand lit à côté d'elle.

— Beau, soyons réalistes. Où pourrions-nous aller ? Ce n'est pas aussi simple qu'avant, ajouta Zia en désignant la bosse que son ventre arrondi formait sous la couverture.

— Et ton île ? La cabane est encore louée pour quelques mois.

— Même en imaginant que Christhian n'aille pas nous chercher là-bas, je ne peux y aller à ce stade de grossesse.

— Je trouverai un endroit, affirma Beau, le visage illuminé par l'écran de son téléphone qu'elle tenait à la main.

Sans doute était-elle déjà en quête d'une nouvelle vie pour qu'elles repartent de zéro. Mais pour Zia, ce n'était pas imaginable. Elle devait prendre en compte ses enfants, mais aussi… leur père.

— Tu n'y arriveras pas avant demain, murmura-t-elle doucement à sa jumelle.

— Si, répliqua Beau. Tu n'épouseras pas ce monstre à la beauté diabolique.

Zia éclata de rire malgré elle. C'est vrai que Christhian était beau.

— Ce n'est pas un monstre. Et… nous devons être pragmatiques. Non seulement je serai facilement reconnaissable avec mon ventre énorme, mais surtout, j'ai besoin d'avoir accès à un médecin. Je sais que je t'ai demandé de l'aide, mais…

— Zia, coupa sa sœur en lui adressant un regard sévère. Tu ne peux pas sérieusement envisager de te marier avec lui ?

Et pourtant c'était le cas. Depuis son thé avec mère dans la véranda, l'idée avait fait son chemin dans l'esprit de Zia. Et à présent, cela lui apparaissait comme la meilleure solution.

— Maman a raison, fit-elle. J'étais prête à épouser Lyon. Je n'ai jamais pensé me marier par amour, ni espéré être libre. Je veux que mes enfants le soient, bien sûr, mais comment y arriver ? Céder à père serait le pire des scénarios. Me marier avec Christhian, le plus raisonnable.

Au moins, il placerait ses enfants devant les questions d'héritage et de *lignée*. Il avait évoqué l'amour qui régnait entre ses parents et ses grands-parents. Il y avait une possibilité pour que…

— Il est le père de ces bébés, Beau, reprit-elle comme si elle essayait de se convaincre elle-même. Ça compte.

— Je ne vois pas pourquoi, soupira sa sœur en s'allongeant sur le dos. Je préférerais passer le reste de ma vie sans avoir affaire à notre père.

— Christhian n'est pas comme lui.

— Il te force à l'épouser.

— Il...

C'est vrai, alors pourquoi ressentait-elle le besoin de le défendre ? Après avoir vu les images de leurs enfants, écouté battre leur cœur, fait l'amour à nouveau merveilleusement... il avait insisté pour qu'ils se marient. Sans se soucier de son avis.

Christhian avait fait venir ses parents ici contre sa volonté. *Et il avait insisté pour que Beau soit du voyage* après avoir précisé qu'il aimerait la rencontrer.

Zia ferma les yeux. Elle aurait aimé s'endormir pour ne plus avoir à penser à tout cela. À son réveil, peut-être aurait-elle une vision plus claire.

— Zia, aurais-tu des sentiments pour cet homme ? demanda prudemment sa sœur.

Elle rouvrit les yeux et voulut nier, mais elle en fut incapable. Christhian était si autoritaire, si sûr de détenir la vérité. Parfois, elle avait l'impression de comprendre comment il en était arrivé là. Ayant perdu ses parents très jeune, il avait été propulsé dans un monde qui n'était pas le sien et il avait dû se créer son propre univers. Sûr et contrôlé. Et Zia avait tout bousculé. L'arrivée de ces enfants aussi. Alors il s'était saisi du problème en prenant des décisions. Celles-ci n'étaient pas toujours les bonnes, mais au moins, il n'était pas resté passif comme elle. Car au fond, que faisait-elle sinon laisser les autres prendre les rênes à sa place ? Même lorsqu'elle avait appris sa grossesse, c'est Beau qui avait planifié son évasion de A à Z.

Christhian n'avait pas renié ses futurs enfants. Il ne l'avait pas ramenée à son père alors qu'il avait été embauché précisément pour le faire. Au contraire, il avait pris en main la situation en insistant pour qu'ils coopèrent tous les deux. En donnant la priorité à leurs enfants.

Était-ce aussi mal qu'elle n'avait cessé de le prétendre ?

Alors que cet homme faisait battre son cœur si fort dans sa poitrine ? Et que dire de cette alchimie entre eux qui l'empêchait de raisonner correctement dès qu'elle était à côté de lui ?

Ses bébés ne préféreraient-ils pas avoir leurs deux parents, plutôt que de vivre auprès d'une mère en fuite ? Une mère qui n'aurait pas eu un modèle parental valable, contrairement à celui de leur père… Cette simple pensée lui donnait envie d'appeler elle-même le prêtre.

Mais au fond, Zia était terrifiée à l'idée de devenir une coquille vide comme sa mère, dévouée uniquement à son époux.

Et pourtant…

— Je suppose que j'éprouve… *quelque chose* pour lui, admit-elle finalement. Je ne sais pas bien quoi. C'est très confus. Je suis furieuse qu'il ait imposé cette absurdité de mariage et d'un autre côté, il parle de ses parents avec tant d'amour…

Zia prit une grande inspiration. Beau était la seule personne au monde avec qui elle pouvait se montrer entièrement honnête, car sa sœur l'était aussi envers elle. Il lui arrivait même d'être trop directe dans ses propos, mais quoi qu'il arrive, c'était toujours sincère.

— En l'entendant, je me dis qu'il sera un bon père, reprit-elle.

— Et tu seras une bonne mère, affirma Beau d'un ton confiant.

— Comment peux-tu en être aussi sûre ? demanda Zia d'une petite voix.

— Si tu penses qu'il sera un bon père parce qu'il a eu un bon modèle, à l'inverse, tu seras une bonne mère car tu auras exactement le modèle à ne pas suivre.

Zia ne put s'empêcher de rire. Comment contredire la logique brillante et singulière de Beau ? En réalité, elle ne savait quelle conduite adopter. Sa sœur aussi avait besoin d'être libre. Elle avait affronté seule leurs parents depuis des mois maintenant. Elle méritait d'avoir une autre vie que celle du palais et de ses règles drastiques.

— Nous serons ensemble, peu importe ce que je décide, déclara Zia. Tu ne retourneras pas là-bas, je te le promets.

Beau resta silencieuse une longue minute avant de reprendre la parole.

— Mère n'est pas méchante mais la seule chose qu'elle ait cherché à protéger dans sa vie, c'est la paix. Parfois, il faut se battre. Plier n'est pas toujours la réponse, même si on risque de se faire écraser.

Sa main trouva celle de Zia sous la couverture tandis que la jeune femme poursuivait :

— Ces bébés ont la chance de t'avoir comme mère, peu importe ce que tu feras. Mais je crois que tu dois arrêter de prendre des décisions basées sur ce qui est le mieux pour *moi*.

Zia se tourna vers sa sœur dans l'obscurité.

— Tu peux t'échapper, murmura-t-elle. Utilise mon mariage avec Christhian comme une diversion. Saisis cette chance pour gagner ta liberté.

Beau lui serra la main en retour.

— Tu sais bien que ce n'est pas possible.

Même si elle n'était pas d'accord, Zia la comprenait. Beau ne savait jamais quand une crise de panique pouvait survenir, ce qui compliquait les choses si elle était seule.

— À un moment, tu dois te regarder dans le miroir, Zia. Pas moi. Pas tes bébés. *Toi*. Longtemps après que tes enfants seront nés et auront grandi, tu seras toujours là. Et après ? Qui seras-tu lorsqu'il n'y aura plus personne à protéger ?

Les larmes aux yeux, Zia ne put réprimer un frisson. Se regarder en face ? Quand elle ne savait même pas qui elle était vraiment ?

Elle déglutit, la gorge nouée.

— Et si je ne sais pas comment faire ?

Beau lui serra la main plus fort.

— Eh bien, il est temps que nous résolvions ce problème.

14

Christhian dormit mal cette nuit-là. Trop de choses jouaient en sa défaveur. De vieux souvenirs. De nouveaux problèmes. Le regard que lui avait lancé Zia quand il avait insisté pour qu'ils se marient. Et même si ce dernier point le hantait, les mots de son père ne cessaient de résonner dans son esprit et il commença à prendre les dispositions qui s'imposaient.

Zia le haïrait peut-être pour l'éternité mais au moins, il la protégerait. Comme son père avait protégé sa mère autrefois. Zia n'avait pas besoin de l'aimer ou de l'apprécier pour que cela fonctionne. Pour que la question de l'amour ne vienne pas altérer son jugement, il avait décidé de la mettre de côté. Il verrait bien après le mariage, une fois que tout serait mis en place et qu'elle serait en sécurité.

Il se mit en quête du roi pour lui exposer la décision qu'il avait prise. Mais la reine déclara que son royal époux n'était pas dans leur suite et aucun domestique ne semblait l'avoir croisé dans le château. En proie à une frustration croissante, Christhian se mit donc à sa recherche et son humeur s'assombrit davantage à l'idée que le monarque puisse être allé importuner sa fille. Alors qu'il s'approchait de la suite de Zia, il vit le roi Rendall sortir d'une bibliothèque dans laquelle plus personne n'allait.

L'homme lança un regard de mépris à Christhian avant de s'avancer vers lui.

— J'accepte le mariage, déclara-t-il. Mes avocats appelleront les vôtres. Dès que la paternité sera prouvée, tout sera réglé.

Il s'interrompit avec un ricanement sinistre.

— Zia et vous serez dégagés de vos responsabilités envers le royaume de Lille.

Christhian le regarda, stupéfait, mais avant qu'il ne puisse exiger quelque explication à ce changement d'attitude inattendu, le monarque tourna les talons et disparut de sa vue.

Que s'était-il passé ?

Mais soudain, il entendit un bruit étrange, semblable à un halètement. Ou une respiration étouffée. Il passa une tête à travers la porte de la bibliothèque et aperçut, entre les meubles recouverts de draps blancs, une silhouette recroquevillée à terre, les bras entourant ses genoux.

C'était la sœur de Zia. La jeune femme avait manifestement du mal à retrouver son souffle et elle tremblait comme une feuille.

Christhian s'avança tandis qu'une bouffée de colère le gagnait.

— Que vous a-t-il fait ? lança-t-il.

Beaugonia sursauta en relevant la tête vers lui. Ses yeux écarquillés évoquaient la panique et pourtant, elle essuya ses larmes avec la manche de sa chemise, les bras tremblants.

— R-r-rien…

— Ce n'est pas rien, dit Christhian.

Non, il s'était passé quelque chose d'important ici, et soudain, de vieux souvenirs remontèrent à la surface de son esprit. Toutes ces fois où il s'était dit que sa mère était trop *émotive*, alors que c'était… plus sérieux que cela. Comme maintenant.

Et chaque fois que c'était arrivé, Christhian se rappelait comment son père s'asseyait à côté d'elle. Il lui prenait la main et lui embrassait le front. Puis il lui caressait les cheveux en lui parlant d'une voix calme et apaisante. La même voix qu'il prenait quand il racontait une histoire à son fils le soir.

En voyant Beaugonia assise par terre, en proie au même type de bouleversement, il sut qu'il ne pouvait pas la quitter. Même pour aller chercher sa sœur ou un membre du personnel.

Il prit une grande inspiration et s'assit à côté d'elle. Il n'était pas sûr de la façon dont réagirait la princesse dans la mesure où elle le considérait sans doute comme un ennemi, mais il lui prit doucement la main. Elle était froide et frissonnante et il la serra dans la sienne pour tenter de la réchauffer. La jeune femme ne réagit pas, mais elle ne s'écarta pas et ne se mit pas à crier, alors il lui tapota gentiment la main. Et, de la même façon que son père racontait à sa mère des histoires anodines pour lui faire oublier sa peine, Christhian se mit à parler à Beaugonia. Il ne savait pas ce qui contrariait autant la jeune femme, mais il était certain d'une chose : elle aimait Zia. Alors, c'est par là qu'il commença.

— J'ai rencontré votre sœur dans un bar.

Cette scène était gravée dans son esprit comme dans du marbre.

— Elle est entrée, les cheveux courts et teints en roux. Elle portait même des lentilles colorées. Le bleu de ses yeux m'a tout de suite semblé faux. Et pourtant, malgré tous ces artifices, elle m'a traversé comme une tempête.

Christhian ignorait pourquoi il se confiait aussi intimement à cette femme, mais cela l'aiderait peut-être, alors il poursuivit.

— Elle a demandé une carte au barman qui semblait agacé, alors j'ai fait une suggestion et je lui ai offert un verre. Nous avons commencé à parler. Des responsabilités et de la liberté.

Il avait tourné et retourné cette conversation durant les mois qui avaient suivi et maintenant, il comprenait cette soif de liberté qui avait animé Zia, consciente qu'elle n'y aurait plus droit ensuite. Et dire qu'il l'avait prise pour une princesse égoïste...

— Et puis, elle m'a invité à danser avec elle.

— Je ne vous imagine pas du tout danser.

— Pourtant, je suis un grand danseur ! répliqua Christhian en faisant mine d'être offensé.

Beaugonia ne rit pas mais ses lèvres esquissèrent un petit sourire timide et ses tremblements s'atténuèrent. Elle respirait un peu mieux et plus aucune larme ne coulait sur ses joues.

— P-p-poursuivez, fit-elle en levant les yeux vers Christhian. J-j-e veux tout connaître de votre version.

Alors, il raconta à la jumelle de Zia ce qui était arrivé, depuis ce moment jusqu'à aujourd'hui.

Beau restant introuvable, Zia commença à s'inquiéter. Sa sœur devait être en train de manigancer quelque chose. Le fait que ses parents refusent de sortir de leur suite n'augurait rien de bon. Et voilà que Christhian était introuvable à son tour...

Il y avait clairement un problème.

Quand les domestiques qu'elle interpella ne purent la renseigner, elle sentit l'angoisse la gagner. Zia avait presque fait le tour complet de l'étage lorsqu'elle entendit des chuchotements et elle s'immobilisa.

Elle s'approcha de la pièce d'où provenait la voix et jeta un œil à travers la porte entrouverte. Elle se figea, stupéfaite.

C'était Christhian et Beau. Assis par terre l'un à côté de l'autre, ils se tenaient par la main et Christhian s'adressait à sa sœur d'une voix douce et calme.

Celle-ci avait manifestement eu une de ses crises de panique. La trace de ses larmes était encore visible mais elle respirait normalement à présent. Elle tremblait un peu mais Zia voyait dans ses yeux que l'épisode était derrière elle.

Son cœur se serra. Christhian avait l'air de la... *réconforter*.

Elle fit quelques pas dans la pièce et ses paroles parvinrent jusqu'à ses oreilles.

— J'ai pensé que je ne la reverrais pas après son départ. J'ai cru que cette histoire était destinée à ne durer qu'une nuit...

Il était en train de raconter à Beau *leur histoire*.

— Six mois ont passé et je n'ai cessé de penser à elle.

Le cœur de Zia fit un bond. Christhian ne l'avait pas oubliée comme elle l'avait cru, pensant qu'elle n'était à ses yeux qu'une femme parmi d'autres. Il avait pensé à elle. Sans arrêt.

Elle le regarda. Il avait dû tomber sur Beau en pleine crise de panique et il n'était pas allé chercher quelqu'un pour s'en occuper. Il ne lui avait pas dit de se débrouiller seule comme le faisait si souvent père. Non, il s'était assis à côté d'elle et il lui avait tenu la main.

Pourquoi ? Il n'y avait pas de motif caché dans ce geste. Cela montrait simplement qu'il pouvait être... *bon*, sous ce vernis autoritaire.

— Pourquoi ne l'avez-vous pas oubliée ? lui demanda Beau avec sa franchise habituelle, mais alors, elle dut apercevoir Zia car ses yeux s'écarquillèrent et elle releva le menton.

Christhian suivit son regard mais il ne sembla pas aussi surpris que la jeune femme de voir Zia. Sans répondre à la question de Beau, il se leva et l'aida à se relever à son tour. Il semblait très calme et quand il lâcha la main de Beau, celle-ci le fixa un instant d'un air grave avant de se tourner vers Zia. Puis elle s'approcha d'elle et l'enlaça.

— Je vais m'allonger un instant, murmura-t-elle à l'oreille de sa sœur en la serrant très fort.

Zia voulait absolument savoir ce qu'il venait de se passer mais elle savait que sa jumelle avait besoin de repos après ses crises.

— Je t'accompagne, fit-elle.

— Non. J'ai besoin d'être seule un moment.

Beau regarda tour à tour Christhian et Zia.

— Quoi qu'il puisse se passer, je veux que tu saches que tout va bien déclara-t-elle à sa sœur. *Je* vais bien.

— Beau...

Mais sa jumelle s'écarta d'elle et sortit de la pièce. Zia la connaissait suffisamment pour savoir qu'il était inutile de la suivre. Elle se tourna vers Christhian, en proie à la confusion la plus totale.

— Ta sœur était très... désemparée quand je suis tombée sur elle, expliqua-t-il.

Il faisait visiblement attention au choix de ses mots et elle vit sur son visage, une expression qu'elle ne lui connaissait pas. Une grande douceur.

— Beau a parfois des crises de panique. Elles sont souvent

provoquées par des… situations sociales stressantes. J'ignore ce qui a pu se passer.

— Ton père était dans la pièce avec elle avant que je n'arrive. Je ne sais pas de quoi ils ont parlé mais il était en colère et elle était bouleversée.

L'expression de Zia s'assombrit.

— Voilà qui explique tout.

Les discussions entre Beau et son père s'achevaient toujours de cette façon. Le roi l'avait souvent punie en la tenant prisonnière dans le château, lui interdisant de voir quiconque, y compris sa sœur jusqu'à ce qu'elle sache « se gérer ». Pour supporter cette infamie dont était victime sa jumelle, Zia avait appris à intérioriser sa colère. Au cours des derniers mois, Beau l'avait aidée à se cacher. C'était à son tour de l'aider.

Zia allait sortir sa sœur de cet enfer.

Elle leva les yeux vers Christhian qui avait été si gentil avec elle. Il se tenait sur le seuil de la porte, les sourcils froncés et l'air songeur.

— Des crises de panique, répéta-t-il.

Zia se préparait à lui fournir quelques explications quand Christhian reprit la parole.

— C'est si familier, murmura-t-il comme s'il était plongé dans ses souvenirs. Je crois que… ma mère en avait aussi. Elle avait parfois ces tremblements et ces difficultés à respirer. Je ne l'ai jamais compris jusqu'à aujourd'hui.

— Est-ce que tu penses que ces crises étaient provoquées par le fait qu'elle ait quitté sa famille ? demanda doucement Zia.

— Elle ne l'a jamais complètement quittée, corrigea Christhian. Ils ne l'auraient pas permis. Ils désapprouvaient son mariage mais ils ne voulaient pas perdre leur contrôle sur elle. Elle a beaucoup souffert de la façon dont ils l'ont traitée. Ils ont souvent tenté de répandre de fausses rumeurs sur l'infidélité de mon père. Mes parents n'y ont jamais cru, mais ces… difficultés disparaissaient dès qu'elle acceptait de paraître aux événements auxquels ils souhaitaient qu'elle se rende. J'ai toujours cru que ses réactions étaient liées au stress. Je me suis souvent senti coupable car au fond de moi, je la blâmais presque de s'être enfuie au lieu de leur tenir tête...

Zia regarda Christhian, troublée de le voir exposer ainsi sa vulnérabilité. Sans pouvoir s'en empêcher, elle glissa sa main dans la sienne.

— Parfois, s'enfuir est notre seule option, murmura-t-elle.

Il la fixa et dans ses yeux plongés dans des souvenirs anciens, elle devina qu'il faisait le lien avec le présent. Et pour la première fois, elle comprit pourquoi la fuite représentait pour lui une issue terrible.

— Je ne me rendais pas compte qu'elle ne pouvait pas leur tenir tête, admit-il à voix basse. Et pourtant, Dieu sait combien de fois elle a essayé. Mon père s'est efforcé de la protéger mais il n'a pas pu car ce n'était pas lié à eux, mais à elle. À son... problème.

— Les gens ne sont pas à blâmer pour la façon dont leur corps et leur esprit les trahissent, répliqua Zia en tentant de dégager sa main mais Christhian la garda serrée dans la sienne.

— Ce n'est pas ce que j'ai voulu dire, Zia, dit-il d'une voix très douce. C'est ce que je pensais avant, tout en aimant profondément ma mère, jusqu'à ce que je voie ta sœur et que je comprenne.

Elle le contempla, bouleversée de voir cet homme si puissant reconnaître qu'il avait pu se tromper.

— Je sais que tu ne veux pas m'épouser parce que tu crois que je contrôlerai ta vie comme ton père l'a fait. Mais je te protégerai, toi, nos enfants, Beaugonia. Et qui tu voudras.

Le cœur de Zia s'emballa dans sa poitrine. Elle savait qu'il aurait pu mentir mais en cet instant, il avait parlé avec tant de ferveur que cela lui parut impossible.

— Si seulement tu pouvais partager mon point de vue, Zia, ce serait beaucoup plus facile. Si tu acceptais, sans te battre, sans tenter de t'échapper, nous pourrions créer un monde meilleur pour nos enfants que celui dans lequel nous nous sommes rencontrés.

C'étaient les mots et les promesses qu'elle avait voulu entendre. Mais elle avait besoin de savoir.

— Est-ce parce que tu hais ce que la royauté a fait à ta mère ? Parce que tu n'as pas pu la protéger, toi non plus ?

Christhian l'étudia un instant avec un regard sombre.

— Oui, murmura-t-il.

Comment pourrait-elle refuser ce qu'il lui offrait ? La possibilité de s'échapper des murs qui l'avaient retenue captive et la protection des personnes qu'elle aimait.

Peut-être qu'il bâtirait de nouveaux murs mais au moins, elle aurait un peu plus de chance de s'expliquer qu'avec père.

— Très bien, déclara-t-elle en s'efforçant en vain d'afficher un sourire. Je t'épouserai.

15

Tout était en place pour le mariage. Maintenant que Zia avait donné son accord, Christhian n'avait plus à s'inquiéter d'une quelconque tentative d'évasion et il aurait dû être entièrement rassuré sur le fait que tout se déroulerait comme prévu.

Et pourtant, en apprenant que le prêtre était sur le point d'arriver, l'incertitude le gagna. Le fait qu'elle ait déclaré être d'accord pour l'épouser avait fait germer le doute en lui.

C'était ridicule. Le mariage était la bonne solution. Ainsi, il protégerait Zia, leurs enfants, sa sœur et n'importe qui d'autre de tout ce que la monarchie avait si négligemment blessé.

C'était là l'héritage que son père lui avait laissé.

Et regarde où ça l'a mené…

Christhian secoua la tête pour chasser cette pensée. Ils ne fuyaient pas. Au contraire, ils résistaient à la pression. Tout comme lui l'avait fait quand il était jeune et qu'il voulait s'extirper d'une famille qui ne s'était jamais souciée de rien d'autre que sa propre réputation. Et maintenant, il aidait Zia à faire de même avec la sienne. Comment pourraient-ils échouer ? Le roi avait accepté et en ce moment même, leurs avocats réglaient tous les détails. Avant la petite cérémonie de ce soir, les accords nécessaires seraient finalisés et signés.

Qu'est-ce qui avait bien pu provoquer ce changement d'avis du roi ? C'était forcément en lien avec Beaugonia. Cela ne le regardait pas mais cette question le hantait. Et si ce que la princesse et le roi s'étaient dit risquait de faire du tort à Zia ?

N'y tenant plus, il demanda à un de ses domestiques de lui amener la princesse sans sa sœur. Mais cela mit plus longtemps que prévu.

Entre-temps, ses avocats arrivèrent, chargés de dossiers qu'il passa un long moment à consulter mais finalement, Christhian obtint ce qu'il voulait : la garantie légale que Zia ne serait pas obligée de remplir des devoirs royaux qu'elle ne souhaitait pas. Quant à leurs enfants, ils décideraient eux-mêmes s'ils voulaient ou non de leurs titres.

Chacun serait protégé comme il l'avait voulu. Par la loi et par sa propre main. Pourtant, Christhian ne se sentait pas en paix.

Lorsque Beaugonia fut introduite dans son bureau, il fut certain que tout irait mieux dès qu'il aurait le fin mot de l'histoire.

— Bonjour, Christhian, lança-t-elle d'un ton léger en entrant dans la pièce. Il semble que vous ayez désespérément besoin de ma compagnie.

— J'ai une question importante à vous poser, Votre Altesse, répondit-il en allant lui-même fermer la porte de son bureau.

Beaugonia fixa la poignée d'un air méfiant, alors il s'écarta légèrement, ne souhaitant pas la mettre mal à l'aise.

Mais il avait besoin de connaître la vérité.

— J'aimerais savoir ce que vous vous êtes dit avec votre père ce matin, qui a eu un tel effet sur vous...

La princesse le regarda des pieds à la tête.

— Dommage, murmura-t-elle.

— Je vous demande pardon ? demanda Christhian, surpris de sa réaction.

— Je ne veux pas que vous le sachiez, donc je ne vous le dirai pas. Du moins, pas tout de suite, acheva-t-elle en haussant les épaules comme si le sujet était clos.

Finalement, il voyait une certaine ressemblance entre les deux sœurs. Cet entêtement à vouloir s'opposer à lui...

— Princesse...

— Vous m'avez aidée à traverser une crise de panique, Christhian. Je pense que vous pouvez m'appeler par mon prénom.

Difficile de croire que cette femme sûre d'elle était celle qu'il avait vue ce matin, tremblante et essoufflée. Ou celle qui se cachait derrière ses parents la veille.

À nouveau, elle lui rappela la personnalité complexe de sa mère, parfois bouleversée, d'autre fois parfaitement maîtresse de son contrôle.

— Beaugonia, dit-il alors sans la quitter des yeux.

Il avait volontairement employé un ton ferme pour qu'elle comprenne bien qu'il ne se laisserait pas décourager.

— Votre père a miraculeusement changé d'avis après être sorti de cette pièce. J'aimerais savoir ce qui a provoqué ce changement et si cela est susceptible d'affecter Zia d'une quelconque manière.

La jeune femme ne réagit pas sur-le-champ et son visage garda une expression impassible. Puis elle se détourna de Christhian et se promena dans son bureau, examinant les livres sur les étagères. Elle se dirigea ensuite vers la fenêtre et contempla la campagne enneigée.

— Ce que je fais, je le fais pour ma sœur, finit-elle par murmurer. Toute notre vie, elle s'est mise devant moi pour me protéger. Parce que j'étais différente et que cela ne plaisait pas à nos parents. À présent, je suis assez âgée et consciente de mes problèmes pour les gérer seule. Assez forte aussi pour pouvoir défendre Zia à mon tour, afin qu'elle-même protège ses enfants.

Elle s'interrompit et croisa le regard de Christhian. Dans ses yeux noisette, il vit briller une détermination farouche.

— Je ferais n'importe quoi pour empêcher mes parents d'avoir une influence sur la génération suivante.

— Je ne connais pas votre sœur aussi bien que vous, mais je suis convaincu qu'elle ne voudrait pas que vous sacrifiiez pour elle.

— C'est vrai, répliqua Beaugonia, avec un sourire qui s'effaça aussitôt qu'il était apparu. Et moi, je ne voulais pas qu'elle se sacrifie comme elle l'a fait toutes ces années. Aider quelqu'un n'est pas toujours une question *d'envie*. Plutôt d'amour, je suppose.

L'amour. Pourquoi ce fichu mot revenait sans cesse sur le tapis ? Christhian avait le sentiment que cela le clouait sur place. Comme une ancre qui risquait de le noyer.

Soudain, il eut une étrange pensée. Une ancre ne vous noie pas. Elle vous attache. Elle empêche les bateaux de se perdre dans l'infini.

Et si l'amour était une ancre ? S'il aimait Zia et qu'il le lui disait, resterait-elle accrochée à lui comme à une ancre ?

Il secoua la tête. Avait-il perdu l'esprit avec ses analogies puériles ?

Beaugonia traversa la pièce pour venir jusqu'à lui. Elle s'arrêta à quelques pas et, tandis qu'elle l'examinait attentivement, il vit à nouveau des similitudes avec Zia dans le visage de la jeune femme. La courbe douce de ses lèvres, le regard intelligent. Et, malgré ce masque très fin de méfiance, le courage de dire ce qu'il fallait pour protéger ceux qu'elle aimait. Comment ne pas respecter cela ?

— Je crois que vous pouvez devenir un homme bon, Christhian Sterling, déclara-t-elle. Et si vous ne l'êtes pas, je m'arrangerai pour vous le faire payer. En attendant, je vous confie la protection de Zia, de ma nièce et de mon neveu.

— Il n'y a rien que je ne prenne plus au sérieux. Je pourrais également vous protéger. Maintenant ou plus tard si vous en avez besoin.

Elle lui adressa un sourire mutin.

— Ma sœur ne m'a jamais dit à quel point vous étiez tendre.

Il fronça les sourcils et elle éclata de rire, ce qui lui rappela à nouveau Zia.

— Si j'en ai besoin, je saurai m'en souvenir, reprit-elle plus sérieusement. Mais pour l'instant, j'ai besoin que vous me laissiez faire. Je dois pouvoir agir sans interférence. Pour elle. Je vous en prie.

Habituellement, Christhian aurait refusé de laisser un autre que lui prendre les rênes d'une situation.

Mais avec *l'amour* qui résonnait en lui et dont il ne savait que faire, il ne put qu'acquiescer et laisser Beaugonia partir.

Zia avait eu besoin d'une sieste avant de se préparer pour la cérémonie de mariage. Le stress et l'inconfort lié à sa grossesse l'avaient empêchée de dormir la veille.

Son incertitude ne la laissait guère en paix. Faisait-elle le bon choix pour ses enfants ?

Et puis, elle nourrissait malgré elle quelques fantasmes à l'idée d'être réellement mariée à Christhian. Partager avec lui cette alchimie, cette confiance et... peut-être, de l'amour ? Elle secoua la tête. Ce n'était pas le moment d'être naïve.

Elle manœuvra pour sortir du lit et dut s'arrêter, une fois debout, pour retrouver son souffle. Ses bébés prenaient de plus en plus de place à présent. Chaque jour, il lui semblait impossible que cela puisse durer encore des *semaines*.

Elle fit un pas, mais alors, une douleur aiguë se logea sur son flanc droit. C'était probablement musculaire. Elle avait dû se lever trop vite ou dormir dans une mauvaise position. Elle fit prudemment un autre pas et la douleur s'atténua. Alors, elle se mit en quête de sa sœur. Mais Beau n'était pas dans leur suite. Zia ne parvint pas non plus à trouver sa mère, ce qui lui sembla étrange, car les deux femmes avaient déclaré qu'elles seraient là à son réveil pour l'aider à se préparer.

Elle fouilla tout l'étage, en vain.

Alors, elle commença à descendre l'escalier mais soudain, la douleur réapparut. Zia respira calmement et la sensation disparut. Une fois arrivée au rez-de-chaussée, elle alla trouver Christhian dans son bureau pour comprendre ce qu'il se passait.

Il était assis, sourcils froncés, devant une pile de dossiers. Debout sur le seuil, Zia contempla en silence l'homme qu'elle allait épouser dans quelques heures. Elle s'engagerait pour une éternité de... domination autoritaire. Christhian ferait ce qui lui semblait le plus juste, elle n'en doutait pas, mais elle n'aurait pas son mot à dire.

Était-ce si important, après tout ? Il s'était montré doux et gentil avec Beau et sans doute le serait-il aussi avec leurs enfants. Que pouvait-elle demander de plus ? De l'amour ? Alors que le seul amour qu'elle ait connu dans sa vie exigeait un sacrifice continuel ?

Zia secoua la tête. Elle devait retrouver Beau et s'assurer que sa sœur puisse s'échapper. Avec l'aide de Christhian, elle y arriverait.

Il l'aperçut et se leva pour venir aussitôt à sa rencontre.

— Tout va bien ? s'enquit-il d'un air inquiet en voyant qu'elle restait silencieuse.

Zia fit quelques pas dans le bureau.

— As-tu vu ma sœur ?

Christhian la regarda en fronçant les sourcils.

— Est-ce que tu te sens bien ? Tu sembles très pâle.

— Ça va, répondit-elle. Je suis juste fatiguée. Je ne trouve pas ma mère, ni Beau. J'ai demandé à Alejandra d'aller les chercher mais je n'ai aucune nouvelle.

La douleur la prit à nouveau et elle se frotta le ventre pour tenter de la faire disparaître.

— Tu n'as trouvé personne ?

Elle secoua la tête.

— Mère et Beau sont censées m'aider à me préparer pour la cérémonie. Je ne comprends pas où elles peuvent être.

Avant que Christhian ne puisse répliquer, un domestique entra dans la pièce et s'inclina devant eux.

— Monsieur, je vous informe que le roi, la reine et la princesse sont partis.

— Partis ? s'exclamèrent Zia et Christhian d'une même voix.

— Oui, monsieur. Je l'apprends à l'instant et je suis venu vous transmettre la nouvelle sur-le-champ.

— Pourquoi ne m'a-t-on pas prévenu ? interrogea Christhian.

— Je suis navré, monsieur. Apparemment, ils n'ont fait appel à aucun domestique pour les aider. La princesse a elle-même porté leurs bagages jusqu'au véhicule qui les attendait.

Zia resta sans voix, mais l'homme se tourna alors vers elle pour lui tendre une enveloppe.

— Ceci a été laissé dans leur chambre avec votre nom inscrit dessus, madame.

Zia se saisit du pli, les doigts tremblants. C'était l'écriture de sa sœur.

Zia,

J'ai la situation sous contrôle.

Avec tout mon amour,

B.

Cela n'avait aucun sens. Pourquoi Beau partirait-elle avec leurs parents ? Et cela, juste avant le mariage qui était censé tout arranger ?

— Christhian, nous devons nous mettre à leur recherche ! s'exclama-t-elle en tentant d'ignorer la crampe qui reprenait sur le côté de son ventre. Je ne sais pas ce qui se passe mais je vais...

Zia s'interrompit car une vague de douleur s'abattit sur elle.

Christhian se précipita aussitôt.

— Qu'y a-t-il ? Tu as mal ?

Elle ne parvint pas à répondre et dut serrer les dents pour faire face à la tension qui s'emparait de tout son corps.

— Allez chercher la médecin tout de suite, ordonna-t-il à l'homme qui partit en courant.

— Christhian, parvint-elle à bredouiller, essoufflée. Beau ne peut pas partir...

— Dès que tu iras mieux, je m'en occuperai, dit-il. Mais pour l'instant, il faut qu'on t'examine, d'accord ?

Il ne lui laissa pas la chance de répondre et la conduisit prudemment dans une autre pièce pour qu'elle s'allonge sur un canapé.

Christhian s'accroupit à côté d'elle et il écarta une mèche de cheveux qui lui barrait le visage d'un geste si doux que Zia sentit son cœur battre plus fort dans sa poitrine.

— Je te promets que je ferai tout ce qui est en mon pouvoir pour retrouver ta sœur, mais il semble qu'elle ait eu son propre plan. Je sais bien qu'il ne sert à rien de te dire de ne pas t'inquiéter pour elle mais je crois qu'elle contrôle mieux la situation que tu ne le penses.

— C'est ce qu'elle dit dans son mot...

Christhian hocha la tête sans la quitter des yeux, tout en lui caressant doucement la joue.

— Je la crois, affirma-t-il. Tes parents ont de très gros défauts, *Princesa*, mais ils ont élevé deux femmes pleines de ressources.

Sans que Zia comprenne pourquoi, les larmes lui montèrent aux yeux. Mais elle les contint car la médecin entra dans la pièce, son sac de consultation à la main. Elle se dirigea aussitôt vers le canapé et poussa Christhian hors de son chemin.

— Que s'est-il passé ? Votre Altesse.

Christhian ouvrit la bouche mais la femme leva la main pour l'interrompre.

— Laissez la patiente répondre elle-même, je vous prie.

Zia ne put réprimer un sourire en voyant son air contrit.

— Une douleur est apparue sur le côté de mon ventre, expliqua-t-elle à l'obstétricienne. Je pensais que c'était parce que j'avais mal dormi mais cela n'a fait qu'empirer.

La femme examina Zia sous un drap, puis elle lui posa de nombreuses questions. Elle ausculta ensuite son ventre avant de se relever et de leur adresser un sourire.

— Tout va bien, annonça-t-elle.

Zia soupira, soulagée, même si elle était toujours inquiète pour sa sœur.

— Je pense que j'ai simplement paniqué, bredouilla-t-elle.

La femme secoua la tête.

— Votre col a commencé à se dilater, Princesse et vous avez de légères contractions. Le stress a sans doute joué un rôle mais cela n'explique pas tout. Vous devez rester alitée quelques jours. Nous surveillerons de près ce qu'il se passe mais tout devrait rentrer dans l'ordre.

Elle jeta un coup d'œil à Christhian avant de se tourner à nouveau vers Zia et lui adresser un sourire.

— Reposez-vous, c'est ce que vous avez de mieux à faire en ce moment. Si les douleurs reprennent, faites-moi appeler.

Zia hocha la tête en direction de la médecin. Elle posa ses mains sur son ventre et sentit un petit roulement sous sa paume. *Ils allaient bien.*

Mais qu'en était-il de Beau ?

— Dès que la douleur aura complètement disparu, faites-la déplacer dans sa chambre, poursuivit la femme en s'adressant à Christhian. Tous les repas lui seront apportés au lit. Et il faudra l'assister lorsqu'elle aura besoin de se lever. C'est très courant dans les grossesses multiples. Il faut veiller à ce qu'elle ne se surmène pas.

— Je m'en assurerai, répondit Christhian en raccompagnant la médecin à la porte.

Puis il se retourna et il fixa Zia un long moment sans prononcer un mot.

— Je suppose que nous allons devoir reporter le mariage, finit-elle par murmurer.

Il fit un petit signe de la tête.

— Bien sûr.

— Je ne dis pas cela pour…

— Évidemment, Zia, coupa-t-il d'un air peiné. Notre priorité est la santé de nos enfants. Le mariage peut attendre.

— Mais…

— Tu n'as pas à t'inquiéter de quoi que ce soit. J'ai promis de vous protéger tous, ta sœur comprise. Il faut que tu me croies.

Elle l'étudia en silence. Il y avait une douceur nouvelle sur le visage de Christhian. Elle devinait que la crise de panique de Beau lui avait fait prendre conscience de certaines choses au sujet de sa propre mère. C'était sans doute pour cela qu'il lui proposait de la soutenir autant. Mais…

— Pourquoi fais-tu cela, Christhian ? Les enfants, je comprends, ce sont les tiens. Mais Beau et moi ? Tu n'as pas le devoir de nous protéger.

— Je n'ai jamais été très fan du mot *devoir*, répondit-il. On m'a rabâché de nombreuses années ce devoir que j'avais vis-à-vis de l'héritage de ma mère. À quoi aurait ressemblé ma vie si sa famille avait accepté mon père au lieu de lui faire la guerre ? Mes enfants passeront du temps avec les personnes qui comptent pour eux. Et leur tante en fera partie.

— *Tante*, répéta Zia, songeuse. Cela lui semblait si étrange d'imaginer Beau dans ce rôle.

Mais alors, Christhian lui prit les mains et il les serra dans les siennes.

— Ce que j'ai découvert aussi, Zia, de façon totalement inattendue, c'est que je suis tombé amoureux de toi.

L'amour.

Elle cessa de respirer quelques secondes, ne sachant que dire.

Depuis qu'il avait lancé cette idée folle, quelques jours auparavant, elle l'avait laissé faire en se disant qu'il serait utile de le rendre amoureux *d'elle*. Et que de son côté, elle resterait parfaitement... détachée.

Elle utiliserait son amour comme un bouclier en se gardant bien de céder aux sentiments, pour que cela n'affecte jamais ses choix concernant leurs enfants.

Zia resta silencieuse tandis que son cœur battait la chamade, traversée par une étrange... exaltation.

Christhian pouvait l'aimer.

Ce serait mieux encore.

Mais jamais elle ne se permettrait de l'aimer en retour.

16

Dès que Zia alla mieux, Christhian l'aida à remonter dans sa chambre. Il la borda dans son lit et donna des instructions au personnel pour qu'elle n'ait besoin de rien. Il demanda aussi que l'on apporte certaines de ses affaires dans la suite de la jeune femme. Il tenait à la veiller lui-même la nuit, aussi longtemps qu'il le faudrait, jusqu'à ce qu'il soit sûr que tout aille bien.

Depuis qu'il avait déclaré son amour à Zia, celle-ci gardait le silence. C'était peut-être mieux ainsi. L'amour n'avait pas besoin d'être réciproque pour que la situation soit en ordre. Il l'aimerait, elle et leurs enfants, et il aurait le sentiment de stabilité et de contrôle qu'il recherchait.

Il s'assura donc qu'elle ne manque de rien et ignora ses protestations lorsqu'il prit une chaise pour s'asseoir à côté de son lit en déclarant qu'il ne partirait pas avant qu'elle ne dorme.

Lorsqu'elle sombra enfin dans le sommeil, il la contempla un long moment, attentif aux mouvements lents et réguliers de sa poitrine qui se soulevait à mesure qu'elle respirait.

Tout était sous contrôle. Le mariage ne s'était pas déroulé comme prévu, pas plus que les échanges avec la famille de Zia, mais Christhian avait encaissé les coups sans faiblir. Peut-être qu'il n'avait pas beaucoup réfléchi à sa déclaration d'amour mais après tout, ce n'étaient que des mots.

Son téléphone ne cessait de vibrer dans sa poche et il finit par le sortir pour voir qui avait cherché à le joindre. Il avait de nombreux messages mais seul celui de ses grands-parents attira suffisamment son attention pour qu'il se lève et sorte à tâtons de la chambre.

Il alla dans une pièce voisine pour les appeler. Sans doute s'attendaient-ils à voir le film du mariage et ils s'inquiétaient de son silence. La table de la cuisine de sa grand-mère apparut à l'écran et il sourit malgré lui.

— Bonjour, mamie. Il faut que tu tournes la caméra vers toi.

Il l'entendit marmonner quelque chose, puis les visages de ses deux grands-parents apparurent à l'écran.

— Je suis désolé, annonça-t-il. La cérémonie a dû être reportée. Zia a eu des contractions et elle doit rester allongée quelques jours pour se reposer.

— Elle a dû avoir peur ! s'exclama sa grand-mère d'un air inquiet.

— Oui.

— Et toi aussi, j'imagine.

— En effet.

Il repensa à Zia, si pâle et inquiète pour sa sœur alors qu'elle aurait dû s'occuper d'elle-même.

— Que pouvons-nous faire, Christhian ? demanda son grand-père.

Que pouvons-nous faire ?

Cette phrase qu'ils lui avaient si souvent répétée. Même lorsqu'un océan d'impossibilité les séparait. Jamais pour lui demander ce qui *lui* pouvait faire, ou ce qu'il pouvait leur apporter.

— Rien, merci, leur murmura-t-il avec un sourire. Le docteur nous a assuré que tout allait bien et c'est ce qui compte le plus. Le mariage se fera dès que Zia ira mieux et je vous préviendrai, bien entendu.

— Très bien. Mais tu es sûr que ça va, mon chéri ? insista sa grand-mère.

— La journée a été... éprouvante, admit-il à mi-voix.

— Raconte-nous, exhorta doucement son grand-père.

Durant sa jeunesse, Christhian avait souvent fait cela. Il s'asseyait et leur livrait tout ce qu'il avait sur le cœur. Puis il écoutait leurs conseils. Jamais il ne s'était inquiété de leur jugement et le vieux couple avait toujours été là pour lui. Depuis quelques années, c'est surtout lui qui se souciait d'eux et qui prenait de leurs nouvelles.

Mais ce soir, il fit comme quand il était petit et il leur raconta tout. Le roi Rendall, la crise de panique de Beaugonia et la clarté que cela lui avait apportée. Il leur confia même sa déclaration d'amour à Zia et le fait qu'elle n'avait rien répondu.

— Eh bien, fit son grand-père quand il eut fini de parler. J'imagine volontiers que la journée a dû être stressante.

— Mais tout est sous contrôle, s'empressa de répondre Christhian. Zia a accepté de m'épouser et le roi la laisse partir. Tout va bien se passer.

Ses grands-parents échangèrent un regard.

— Tu comprends que tu ne peux pas contrôler *la vie*, Christhian, n'est-ce pas ? finit par lui demander le vieil homme.

Il ne sut que répondre.

— Une fois que nous serons mariés, tout se passera bien, dit-il comme s'il voulait les rassurer, à défaut de se rassurer lui-même. Zia tient à moi.

— Christhian, tu ne peux pas *forcer* quelqu'un à t'aimer, intervint sa grand-mère d'une voix douce. Tu peux honorer tes sentiments et tes besoins, mais tu dois respecter les siens.

Christhian voulu rejeter ces mots mais il en fut incapable. Car il admirait la sagesse de ses grands-parents et ces derniers avaient été son seul point d'ancrage dans la vie après la mort de ses parents.

— Tu sais, reprit sa grand-mère, quand j'ai annoncé à ton grand-père que je l'aimais, il ne m'a rien répondu, lui non plus.

— C'est faux ! protesta l'intéressé.

— C'est parfaitement vrai, rétorqua la vieille dame. Tu étais si occupé à jouer avec ton fichu chien...

— ... que je ne t'ai pas entendue, voilà tout.

— Tu m'as très bien entendue.

Ils se chamaillèrent ainsi pendant quelques minutes, épaule contre épaule, tout en se souriant et en évoquant un événement qui avait eu lieu il y avait une éternité. Et tout ce temps, ils s'étaient aimés et avaient surmonté les tempêtes, les défis et les joies.

Soudain, Christhian eut la certitude que la réponse se trouvait là. Pas seulement dans les mots. C'était une notion plus grande, plus profonde. L'amour n'était pas un agent de contrôle, mais quelque chose de bien plus terrifiant.

— Merci, murmura-t-il.

— De quoi ? demanda son grand-père d'un air confus qui rapprocha ses sourcils blancs et broussailleux.

— D'être vous-mêmes. Ça a été pour moi un cadeau inestimable toute ma vie.

Un cadeau auquel Zia n'avait jamais eu droit.

Il ne pouvait pas contrôler les sentiments de la jeune femme, mais il pouvait lui offrir ce cadeau et lui transmettre cet amour, ainsi qu'à leurs enfants, peu importe où la vie les mènerait.

Après avoir raccroché, il resta un long moment assis dans le noir.

Tu ne peux pas forcer quelqu'un à t'aimer.

Est-ce ce qu'il avait tenté de faire avec Zia ? Non, c'était plus compliqué que cela.

Il retourna dans sa chambre. Elle dormait toujours. Il avait reçu la confirmation que la famille royale était repartie en avion. Christhian ignorait ce qui avait bien pu se passer mais il décida de faire confiance à Beaugonia.

Et pour la première fois de sa vie, il s'autorisa à penser que la solution ne se trouvait pas dans le contrôle mais dans le lâcher-prise.

Quand Zia se réveilla, elle constata que le soleil brillait derrière les rideaux tirés. Elle jeta un coup d'œil à son portable. Il était déjà tard dans la matinée. Elle s'étira et inspecta son corps. Tout semblait aller mieux, alors elle se mit assise et attendit de voir si la douleur revenait. Rien. Elle poussa un soupir de soulagement et inspecta la pièce. Soudain, elle sursauta en apercevant un corps allongé sur le canapé près du mur. C'était Christhian, profondément endormi. Il était si beau qu'elle en eut le souffle coupé.

Avait-il vraiment dit qu'il l'aimait ou l'avait-elle rêvé ?

Elle le regarda dormir et son cœur se tordit en un million de petits nœuds. Était-il sincère ? Elle avait accepté de l'épouser. Il n'avait donc aucune raison de mentir.

Soudain le téléphone de Christhian vibra dans sa poche et cela le réveilla. Il s'assit sur le canapé sans la remarquer, puis il jeta un œil à son écran qu'il toucha plusieurs fois en fronçant les sourcils.

Il leva la tête vers elle et quand leurs regards se croisèrent, elle lut dans ses yeux une sorte de résignation. Il se leva et marcha dans sa direction.

— Bonjour. As-tu bien dormi ?

Elle hocha la tête.

— Zia… je veux clarifier quelque chose avant que tu apprennes ce qu'il s'est passé.

— Que s'est-il passé ?

Il ignora sa question.

— Nous n'avons pas besoin de nous marier si tu n'en as pas envie. Nous pouvons vivre ici, ou dans l'une de mes propriétés et élever nos enfants ensemble en tant… qu'amis, je suppose. J'ai eu tort de penser que le mariage était la seule solution.

Elle entrouvrit les lèvres, stupéfaite. Il admettait qu'il avait eu tort après lui avoir annoncé qu'il l'aimait ? Alors qu'elle avait accepté de l'épouser ? Cela n'avait aucun sens.

— Pourquoi me dis-tu cela ?

— Ne te méprends pas, je pense toujours que le mariage est la bonne solution, mais ta sœur m'a dit une chose qui m'est restée en mémoire. Elle n'a pas toujours apprécié ta protection et pourtant elle n'a agi que par gratitude et amour envers toi. Pour que tu puisses vivre ta propre vie. Eh bien, je veux que tu choisisses la vie que tu as envie de mener, car je t'aime, moi aussi.

Il le lui déclarait à nouveau et elle ne savait qu'en penser, alors elle se concentra sur sa sœur.

— Qu'a-t-elle fait ?

Christhian lui tendit son téléphone portable et elle jeta un œil à l'article affiché sur l'écran. Le titre apparaissait en lettres capitales : La princesse Beaugonia Rendall, nouvelle héritière de Lille, a épousé le prince héritier Lyon Traverso de Divio lors d'une cérémonie privée.

Zia, lut et relut le titre, sans y croire.

— Elle ne peut pas faire ça, finit-elle par bredouiller.

— Il semble que ce soit déjà fait, murmura Christhian en lui prenant doucement le téléphone des mains.

— Mais comment ? Je... ne...

— Elle t'a libérée.

— Je n'ai pas demandé à être libérée ! s'écria-t-elle en se levant du lit. C'est ma sœur. Je l'aime et je suis inquiète pour elle.

Christhian la fit rasseoir avec une infinie douceur.

— C'est pour cela que mon père a accepté de me laisser partir, reprit-elle. Elle a pris ma place...

Zia leva ses yeux pleins de larmes vers Christhian et il lui adressa un regard empli de chaleur. Elle se rappela les mots de Beau.

À un moment, tu dois te regarder dans le miroir, Zia. Pas moi. Pas tes bébés. Toi.

Maintenant, elle forçait Zia à le faire. Et Christhian agissait de la même manière. Elle croisa son regard.

— Pourquoi me fais-tu cela ?

— Je te laisse le choix, répliqua-t-il.

Elle le fixa, bouleversée par ce qu'elle venait de comprendre.

— Je n'ai jamais eu le choix.

— Tu n'as plus personne à protéger, Zia. Beaugonia a pris sa vie en main et j'ai protégé nos enfants. C'est à ton tour, maintenant, de décider ce que tu veux vraiment.

Elle le regarda, complètement perdue.

— Tu as le temps, *Princesa*. Il n'y a pas d'urgence. De mon côté, j'ai cherché à ce que tout soit parfait depuis la mort de mes parents. J'ai voulu te contrôler parce que je pensais que c'était ce qu'il y avait de mieux. Mais personne ne peut savoir où se situe le *mieux*. Nous prendrons le temps qu'il faudra pour chaque étape que nous vivrons, en donnant la priorité à nos enfants. Ce ne sera peut-être pas parfait, mais ça devrait aller.

Il s'interrompit et lui prit la main.

— Je ne suis plus le même depuis que tu es entrée dans ma vie, Zia.

— Ma vie *aussi* a été bouleversée.

— Oui. Et nous devons gérer les conséquences de nos actes. Nous avons fait de notre mieux et nous allons continuer.

— En nous mariant ?

— En choisissant, Zia. De mon côté, je te choisis. Je suis tombé amoureux de toi. De ta force, ton côté protecteur, ta beauté et ton esprit. Et peu importent mes sentiments, je pense que nous pouvons élever nos enfants dans l'harmonie, quel que soit ton choix.

— Christhian...

— Prends ton temps. Réfléchis à ce que tu veux faire... pour toi-même.

Christhian la veilla les jours suivants, la quittant à peine, sans évoquer de nouveau leur discussion.

Quand la médecin donna à Zia le feu vert pour se lever à nouveau tout en restant prudente, il prit de la distance pour lui laisser de l'espace, se contentant de la retrouver le soir pour dîner.

Très vite, il lui manqua. Au début, Zia se convainquit que c'était lié à la solitude. Beau l'appelait tous les jours. Sans vouloir en dire trop sur sa nouvelle vie de femme mariée, elle ne semblait ni bouleversée, ni malheureuse. Tout simplement elle-même.

— Je suppose que tu n'as toujours pas décidé quoi faire de Christhian, déclara-t-elle au téléphone au bout de quelques jours.

— Je suis là, n'est-ce pas ?

— Rester immobile n'est pas une décision, Zia.

— Comment suis-je censée savoir si je l'aime ou pas ? C'est un sentiment, pas un fait mathématique.

— J'apprends toute sorte de choses fascinantes en étant mariée à un homme que je connais à peine, déclara Beau. L'une d'elles est la suivante : je ne me demande pas si j'aime Lyon ou pas. Je *sais* que je ne l'aime pas.

— Pour moi, c'est plus compliqué, bredouilla Zia. Christhian prétend qu'il m'aime mais nous nous connaissons à peine. Je n'ai rien à lui offrir... je ne suis que la mère de ses enfants.

— Tu n'as pas à être utile pour qu'il t'aime, fit remarquer sa sœur. Pas besoin d'avoir un diplôme de psychologue pour comprendre que cette pensée tordue vient de la façon dont nos parents t'ont traitée. Je t'aime, peu importe ce que tu as fait pour moi.

— Tu es ma sœur.

— Oui. Et il se trouve que tu es intelligente, drôle et délicieusement méchante quand tu le veux. Tu seras aussi merveilleuse en épouse et en mère qu'en sœur. Alors je te le demande, pourquoi Christhian n'aimerait-il pas cela ? Et je ne parle même pas de ta beauté ou de l'alchimie qui semble vous lier...

Zia ne sut que répondre.

— Comment est Lyon avec toi ?

Elle vit pratiquement sa sœur lever les yeux en ciel en voyant qu'elle avait changé de sujet.

— Bien dans l'ensemble, déclara-t-elle sans vouloir en dire davantage. Maintenant, j'aimerais que tu mettes à profit la liberté que je t'ai offerte pour être heureuse. Je dois y aller, la princesse héritière ne peut être en retard au dîner. Je t'aime, Zia. Pour qui tu es. Pas pour ce que tu peux faire.

La ligne fut coupée et Zia resta quelques instants immobile, songeuse. Que faisait-elle ? Alors qu'elle s'était crue forte autrefois pour s'échapper d'un royaume, se réfugier sur une île polaire et projeter d'élever ses enfants seule, voilà qu'elle se recroquevillait dans un château, se cachant d'un homme qui disait l'aimer... et qui déclarait vouloir élever leurs enfants avec elle, à l'écart de l'oppression des monarchies...

Comment pouvait-elle être aussi bête ?

Pas vraiment sûre de ce qu'elle allait faire, Zia sortit de sa chambre et se mit en quête de Christhian. Elle fut stupéfaite de le trouver non loin dans le couloir, dans une pièce qui avait été meublée en... nurserie. Il y avait deux berceaux ravissants ainsi que d'autres meubles qu'elle reconnut pour les avoir cochés dans un magazine de puériculture.

— J'ai pris cette liberté, j'espère que ça ne t'embête pas, expliqua-t-il, manifestement gêné. Beau m'a assuré que ça te plairait.

— Tu as bien fait, murmura Zia d'une voix tremblante.

— Pour la décoration, je préfère te laisser choisir, reprit-il en lui passant son téléphone.

Elle consulta le site qui proposait des photos de chambres d'enfants magnifiques.

Le cœur de Zia battait la chamade dans sa poitrine et elle leva les yeux vers Christhian.

Elle s'était efforcée de contrôler ce qu'elle éprouvait pour lui. Car aimer quelqu'un avait toujours été source de transaction dans sa vie. Avec ses parents, avec ses amis. Beau avait été la seule relation qui lui semblait réelle et elle avait mis cela sur le compte de la gémellité. Non, cela ne nécessitait pas d'avoir un diplôme de psychologue…

— Je pense que nous devrions nous marier, déclara-t-elle.

Il la fixa sans rien dire, les yeux plissés et elle faillit éclater de rire.

— Pourquoi ?

— Christhian, toute ma vie, j'ai voulu qu'on m'aime pour ce que j'étais. C'est ce que tu fais.

Elle s'interrompit, le cœur battant.

— Pourquoi pas aujourd'hui ?

— Se marier ? Aujourd'hui ?

Elle hocha la tête.

— Je ne veux pas de fanfare. Rien d'autre que… toi et moi. Et ce que nous nous promettrons. C'est tout ce qui compte à mes yeux.

Christhian l'étudia un instant avant de prendre la parole.

— Zia, je veux t'épouser parce que je t'aime, mais je veux que tu sois sûre de vouloir le faire. Il doit y avoir de l'amour. Nous pouvons attendre. Nous…

— Cela a commencé le jour où j'ai posé les yeux sur toi, coupa-t-elle. Un déclic s'est opéré dans mon esprit comme si je savais que… tu étais celui qu'il me fallait. J'ai souvent fui dans ma vie, mais cette certitude était la plus terrifiante de toutes, alors je l'ai fuie à son tour. Et j'ai passé tous ces mois à tenter de me convaincre que je n'étais pas digne de cet amour.

— Oh si, tu en es digne, Zia.

— Je t'aime, Christhian, déclara-t-elle et face à cette évidence, tout lui sembla soudain plus léger.

Il esquissa le même sourire qu'il lui avait adressé ce soir-là dans le bar.

— Je fais appeler le prêtre de ce pas.

Épilogue

Ils se marièrent effectivement ce jour-là avec, pour seuls témoins, les domestiques du château ainsi que les grands-parents de Christhian et Beau en appel vidéo. Leurs jumeaux naquirent deux semaines plus tard, en parfaite santé.

Ils nommèrent leur fils d'après le nom du meilleur homme que Christhian ait jamais connu. Le tout nouveau Harrison Sterling serait informé en temps voulu de son homonyme et encouragé à vivre sa vie du mieux possible. Quant à leur fille, elle reçut le nom de celle qui les avait aidés à se libérer. Beaugonia Sterling qu'on surnomma Bee pour éviter toute confusion.

Lorsque Bee rencontra sa tante pour la première fois, tout le monde sut que ces deux-là seraient amies pour la vie.

Quand les jumeaux furent assez grands pour voyager, la famille s'envola pour les États-Unis. Christhian put présenter sa femme et ses enfants aux personnes qui avaient compté le plus pour lui dans la vie.

Mamie Connie, qui insistait pour qu'on l'appelle ainsi, prit les deux bébés dans ses bras en pleurant de joie, tandis que son époux leur faisait la promesse solennelle de leur lire une histoire tous les soirs, tant qu'ils seraient là.

La grand-mère de Christhian laissa même Zia l'aider à préparer le dîner. Un honneur qu'elle accordait rarement.

— Vous avez une si jolie maison, confia Zia à la vieille dame tout en cuisinant.

Christhian lui lança un regard éperdu d'amour. Elle était toujours aussi élégante et gracieuse qu'une princesse, mais elle était parfaitement à sa place, dans cette cuisine modeste, avec sa grand-mère.

— Tu as grandi dans un château, ma chère, lui répondit celle-ci en souriant. Je suis sûre que ce n'est rien, comparé à cela.

— Un château, oui, mais pas une maison et encore moins un foyer. Je n'en avais pas avant de rencontrer Christhian. Et maintenant que j'en ai un, je sais que c'est en grande partie à vous deux que je le dois.

Christhian sut alors que, si ses grands-parents n'aimaient pas déjà Zia, ils commenceraient à le faire en cet instant.

Dans cet endroit si cher à son cœur et entouré de ceux qu'il aimait le plus au monde, il comprit que les fondations de son bonheur avaient commencé ici. Avec l'amour.

Un amour qu'il allait vouer sa vie à transmettre.

Vous avez aimé ce roman ?
Découvrez l'histoire de Beaugonia,
la jumelle de votre héroïne, dès le mois prochain
dans votre collection Azur !